陶立夏

著

生 活 的 比 喻

The
Life in
Words

湖南文艺出版社
HUNAN LITERATURE AND ART PUBLISHING HOUSE

博集天卷
CS-BOOKY

push button and
for signal opposite

WAIT

wait | cross
with care

COUNTRIES
OF THE WORLD

EDITED BY
J.A. HAMMERTON

The Life in Words

目
录

Contents

Chapter 2

在阅读中自由

Chapter 3

如何说再见

序言

重逢之前

旅途中忘带外套，去同一家店买了件一样的。甚至是在同样的季节。今年的那个游客用同样的动作穿上去年那件外套，低头走进多年前的冷风里。头顶，千万盏街灯正为你点亮。时差是时间不能咬合的裂缝。夜晚在咖啡馆里点热牛奶的人，坦然接受生活的诸多错觉。因为你自己就是个错觉。

在重逢之前，我们都要各自走完很长很长的路程。像那年夏天沿着峡湾开了整夜的车，都绕不到北冰洋的边缘。睡眠不足与疲惫带来的微醺里，我对人的际遇有了新的把握，比如失去和得到都是偶然也是注定。

希思罗五号航站楼，海关人员从层层叠叠的旧签证页中翻找有效的那一页。突然意识到自我治愈这个过程的艰难与诗意。自己给自己缝补伤口，将无法清除的残留物当成纪念品保留。

想告诉你，我又写了本书。这本书写给所有我在你生命里缺席的时刻。但人生里总有想要放弃的时候，告别般挥手切断所有关联，不管它们是束缚也好，牵绊也好，温柔关怀也好。全部切断。回到浮游生物的状态，漂浮在深海之中，然后听从引力的慈悲，缓缓坠落，去往海底，与幽暗融为一体。但人生里同样总有一些时候，你会心甘情愿地把过去亲手粉碎的东西细细粘贴复原，层层叠叠的情绪深处是不愿明说的遗憾。你也知道辛劳之后那些东西遍布修补痕迹再回不到原样，但你不会觉得浪费了时间，因为这些修补痕迹才是你真正想要的。一种不被实现的挽回的努力。

所以我喜欢一切被归还的物品，音乐停止后被归还的寂静，火焰熄灭后被归还的灰烬，阅读结束后被归还的自我，平静碎裂后被归还的痛楚，你用并不坚定的背影归还给我的自由。

还有漫长冬季过去后，被归还的春天。只有流淌的时间，它从不被归还。

但时间留了离散在我们生命里，激起思念的余响。如果海水不平，潮汐不止，那我就要继续我的等待，继续我的远行。漫无目的，不离不弃。

来日相逢，你说你看遍世界，我说，我走过了内心。

Chapter 1

人生说明书

4号房间的钥匙

到达你所在的地方，

从一个你不在的地方启程，

你必须踏上那永远无法出离自身的旅途。

为了通达你尚且未知之路，

你必须经历一条无知之路。

为了得到你无法占有之物，

你必须经由那被剥夺之路。

为了成为你所不是的那个人，

你必须经由一条不为你所是的路。

而你不知道的正是你唯一知道的，

你所拥有的正是你并不拥有的，

你所在的地方也正是你所不在的地方。

——T.S. 艾略特《为了到达那儿》（作者自译）

容易被天气与季节左右情绪是不成熟还是衰老的标志？

那天凌晨，爱丁堡用满天星光送我。仙后座的优美，北极星的寒光。守夜的前台爽朗的苏格兰口音因为我浓浓的睡意听来竟有点婉转。

这是我第六次来苏格兰，年末的倦意已经追上来，它们渐渐凝在笔端固成中年人的萧瑟。我虽没有被这个世界改变，但也没有能力让它变好。或许写作的人就应该活在玻璃罩里观察生活，所有亲身体验都将最终局限想象。

自出租车后备厢取出的行李箱被苏格兰深冬的寒气侵袭，冰冷坚硬，重得像用整块大理石雕刻而成。付过车资，拖着行李箱快步走向机场的灯光。清早赶路的人汇聚成安静的人潮。

降落伦敦已天光大亮，走下廊桥时睡意未散，以为已经到了上海浦东国际机场 2 号航站楼。哪儿有这样容易的事呢。取完行李重新值机。行李箱内苏格兰的寒气已散去，快得就像我结束旅行重新被日常生活淹没。舷窗上的冰霜一次又一次消融风干。

再次过安检，摘下手表，寻找外套口袋里的硬币。这时我在外套口袋里摸到一把钥匙，冰冷的触感。旅行途中不停整理行李，时常会丢失些随身物品，也总有些东西会出乎意料地随我回家，酒店前台给的小饼干、餐厅的收据、林间散步时插在纽扣孔里的小树枝……

还有这把钥匙。它来自阿伯丁郡郊外的一座叫 Douneside House（杜恩塞德之家）的庄园，我明明记得已经在退房时将它交还。长长来路你不知道会遇见什么。也不知道，

生活的比喻 ｜ The Life in Words

有什么会留在你生命里，直到最后。但生命里的寓言太多了，这一则你也同样没有放在心上。

标示牌上的名字是 Alasdair（阿拉斯代尔），曾属于一位苏格兰飞行员。

高地的冬天，天色早暗晚明，每天都摸黑起床。吃完早饭，窗外的天色才渐渐亮起来。我住的 4 号房间门外悬挂着一张黑白旧照片，三个可爱的男孩穿着苏格兰裙站在树林间。苏格兰旧式豪门喜欢定期请名家绘制油画作为全家福，但这张生活照中流露出的天真与快乐，分外触动我。因为这张照片，我查了酒店拥有者 MacRobert（马克罗伯特）家族的历史。

照片中的三位 MacRobert 兄弟长大后都成了飞行员，

大哥 Sir Alasdair 在二战前的飞行事故中丧生，弟弟 Sir Roderic（罗德里克）和 Sir Ian（伊恩）为英国皇家空军效命，先后在二战中为国捐躯。他们的母亲 Lady MacRobert 后来将所有遗产用作慈善基金，基金会赞助的众多项目中包括由英国皇家工程院颁布的 MacRobert Award（马克罗伯特奖）。

1988 年，Sir Alexander MacRobert（亚历山大·马克罗伯特先生）买下这座乡间别墅是打算作为度假屋使用，随后的几年房子进行了扩建，花园也是在那个时候修建的，如今依旧维护得当。Lady MacRobert 去世后，这里成为酒店，曾一度只招待英国皇家现役和退伍军人，如今向所有住客开放。因为儿子的军人身份，Lady MacRobert 要求酒店永远为现役与退役军人提供特别住宿优惠。酒店餐厅提供的餐食精致美味得颇让人惊讶，和我印象中的苏格

生活的比喻 | The Life in Words

兰食物截然不同。最后的一道甜点是香草冰激凌配柠果冰沙与布丁，装在葡萄牙产的红茶杯中端上桌来。餐厅的食材大部分来自庄园自己的花园，在热闹的夏天，共有 30 个园丁一起照顾这座花园。

在 MacRobert 家族曾生活过的房子里，我这个过客以十分接近的方式体会到曾有种生活方式叫苏格兰的望族，庄园、古董、花园，接受良好教育，然后承担责任。

阴错阳差留在我口袋里的这把钥匙会不断提醒，当我以谨小慎微的任性抵抗着时间的荒凉，有人已默默度过了波澜壮阔的一生。这是关于生命该如何度过，至为生动的一课。

一段锦绣

购物时店员常常会用印着 logo 的缎带将购物袋系起来，还会打美丽的结。觉得这个额外的手势很美，就算是买给自己的物品如此加持过也像份郑重的礼物了。

不过这也让我想到一个难题：礼物的包装材料该如何处理才好。它们一度那么好看甜蜜，拆完礼物之后难道就直接丢弃？但留着也没有多少用处。

不知什么时候开始，我习惯把纸质的包装材料都留着，统一收纳，在寄快递时拿出来当防碰撞的填充物使用。缎带则修剪到合适长度后熨平，成了书签。有时朋友向我借的书里夹着缎带，觉得好看就拿去自用。礼物的边角料居然也成了小手信，皆大欢喜。

翻译与校对过程中经常会在书里夹很多缎带书签和易事贴，标注存疑和不确定的段落。虽然工作枯燥艰辛，但起码看着尚算悦目，也就没有那么怕打开书来继续工作了。

生活里来来去去，没有什么必须拥有，也不是什么都必须丢弃。如果能为生活中零碎的小物件找到适合的地方，也是种小快乐。我们和这些物品一样，都在找适合自己的去处，一个妥善得宜的位置。

生活里来来去去，没有什么必须拥有，也不是什么都必须丢弃。

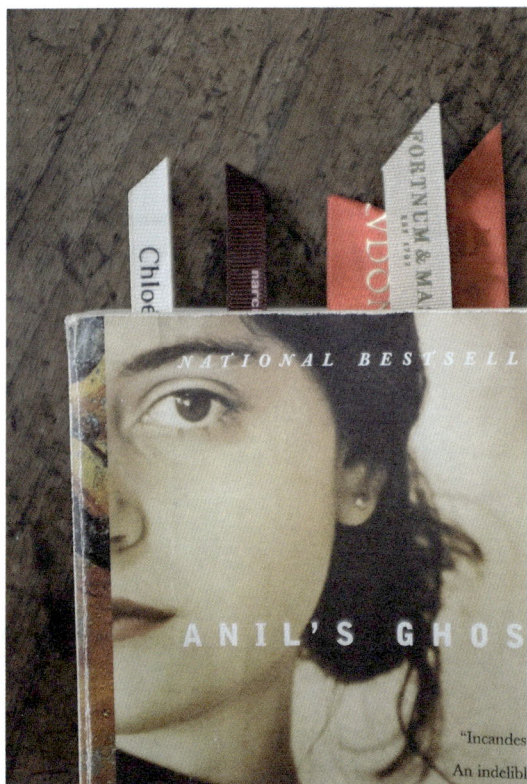

洁净简单生活

多年前在奈良一座山寺中偶遇一幅书法，以拙朴有力的笔法写着：一以贯之。住持将它放在茶室角落，摘百合花供之。当时看得似懂非懂，喝完茶也就将这四个字忘在了脑后。最近换季整理衣柜不知怎么又想起这幅字来。

一以贯之，又以何贯之呢？想了想，决定为我的人生选这个词：简单。让生活变得简单，有很多办法，比如一物多用。

我已经很多年不买沐浴露和洗面奶，还有洁面油之类的清洁产品，因为一块香皂已经足够。旅行时，这块香皂还要承担起洗衣皂的职责，有时在物资匮乏的小旅馆甚至要拿来洗头发。

因为家里总是备着几块香皂，都不用买衣柜用的香熏包或驱虫的樟脑丸。还没拿来用的香皂放在衣橱、抽屉里，几天后衣物都会带着洁净的香味，穿上这样的衣服心情会变得更好。就像读书时候，喜欢的男生一定穿干净的衬衫，隐约有柠檬香气。

一块香皂从头用到脚，从旅途用到衣柜。说我懒惰可以，说我粗糙将就亦可。在我看来，这也算是"一以贯之"的某种解释方式吧。

不需要选择之后，生活简单起来。"迷惘"这种麻烦事，也就少了。我从一块香皂开始，简简单单、干干净净地过日子。

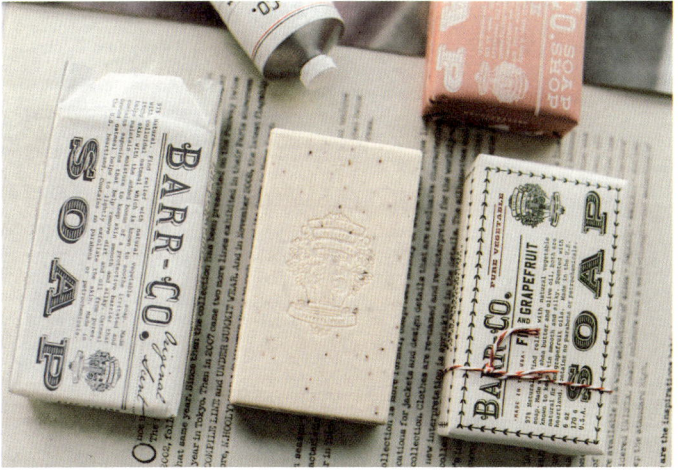

二手的想念

那年初春我在伦敦小住，朋友说他的朋友来英国出差，路过伦敦，问我能否代为照顾半天。不过是带路导购这样的琐事，我答应下来。

为着交通便利又容易辨认，我将见面地点定在 Piccadilly（皮卡迪利大街）。我已有十余年时间没在 Piccadilly Circus（皮卡迪利广场）那个丘比特雕塑下等过人。他比我到得早，坐在台阶上看手机。我问他有什么要买，他说不过是纪念品，并无特别要求。居然没有拿出长长的购物单来，我倒有点意外。他看看手表，说："时间足够，附近有没有美术馆？"国家美术馆就在街角，我带他走马观花地看齐了特纳、凡·高、莫奈和达·芬奇，还有我自己很喜欢的那幅维梅尔。

然后到 Liberty（自由百货）去买礼物。逛完 Bond Street（邦德街）上的专卖店，路过皇家艺术学院，又进去看一个展。走得有些累了，天色也早已暗下来。我们坐在院中那尊雕像的脚边休息。身边坐着学生模样的年轻人轻声聊天。

他做威士忌生意，一般往来北京与爱丁堡，第一次路过伦敦。是一个非常爱说谢谢的人，而且总有很多短信和电话，一边说着不好意思，一边找僻静的地方回复。因为第二天就回国，我提议去马路对面的 Fortnum & Mason（福特南美森）买些糖果茶叶之类轻便好看的手信。

逛到二楼，手机响，是短信的提示。他说声不好意思，低头回起短信。我等一阵，随手在身侧木头长桌上各种二手古董餐具中拿了一套勺子，售货员是位银发的老爷爷，穿黑色西装，很像那种得体周到的管家，结账时寒暄几句冬天快过去了、我很会选之类的客套话，问我是否愿意留下电子邮件保持联络。结完账回头看他消息果然也回完了，站在来来往往的人潮中。

"不用和我吃饭了，赶紧去吧。"我说。

他愣了一下，说："不去了，我说过要请你吃饭的，今天非常感谢你。"

"很快我也回国了，回去约，伦敦能有什么好吃的。"

他犹豫。手机又响。

出了店门发现天色已黑透，沉沉的，透着寒意。我伸手拦下辆出租车，转头问他："你知道地址吗？要不要我来和司机说？"他不大好意思地答："她发了地址过来。"我出地铁后收到他看似没头没脑的一句疑问："你怎么知道？"我知道他问的是什么，想一想只回了个单词：Enjoy。

后来他告诉我说他等了三年，这次来伦敦的行程一早告诉她知道，终于在返程前夜收到愿意一同吃晚餐的回复。如果看不出这一下午他都在等人，而且这场等待在很早以前就已开始，那我大概吃不了写故事这口饭。我不能告诉他的是，数年前，在很长的一段时间里，我也曾每天在镜子里看到类似的神情。所以，我知道。

我的餐具都是不成套的混搭，十只碗大概有八个花样，其实根本用不着这样正式的勺子，但一直将这套二手银勺子留在柜中。有时整理柜子擦拭灰尘时听到它们碰撞，银质餐具特有的空空的脆响，会觉得心软了一下，因为那是一个人将自己的心悬在另一个人袖口上时，羞怯紧张、藏也藏不住的轻轻颤动的声响。

麻利的朋友

厨房有不少亚麻餐巾，和那些随意的餐具一样颜色各式各样。最近收到了从"失物招领"寄来的Fog牌红色亚麻餐巾，喜气洋洋的颜色，质地爽滑，与已有的都不太一样，很喜欢。

上好的亚麻这种材质很像我喜欢的那类人：初见时棱角分明，洒脱率性，利落之外总是保持着些距离。等相处久后熟悉了，又会渐渐变得分外柔和，所有棱角都磨成了贴心，但骨子里的坚韧是一直都在的。

有次吃完饭从餐厅出来，我在迎面而来的冷风里裹紧大衣。走出没几步，身后的朋友快步跟上来轻轻拍着我的背说：

生活的比喻 | The Life in Words

挺胸。长期伏案写作，不自觉地驼背。会这样拍着我的背提醒的朋友不多，但确实有几个。其实能遇到一个，就是幸运的。这位朋友的性格，就很像亚麻。工作虽忙，对朋友的生活依旧不忘照拂。

我喜欢他们这样乐观的人，对人的缺点对事的不足有直接的体察，却依旧宽容。与悲观主义的决绝推断不同，乐观的人愿意留更多的可能，他们的每个"或许"都是条可以尝试去走的路。在我看来，乐观不是肤浅或幼稚的品德，就如同悲观未必深刻。乐观的人们足够强大，在体谅与鼓励他人的同时，有的是底气对自己的判断与决定许诺一个充满希望的未来。只是很多人未能为自己的乐观准备下足够的筹码，输在了盲目上。

一生总该结交几个亚麻餐巾般的朋友，朴素体贴，老了以后一起喝茶逛街时可以说：我们的友谊也旧得很好看。

一生总该结交几个亚麻餐巾般的朋友，朴素体贴，

老了以后一起喝茶逛街时可以说：我们的友谊也旧得很好看。

每当没有退路可走

今天没有什么特别，我从卧室走到书房去工作，可能是翻译，也或许写点零碎文字，然后暗自祈祷它们有一天会像野草那样生长着，自己连成章节，长出个长篇。但今天又有点不一样，我路过客厅时从柜子里拿出了那只红色的马克杯，the mug。

这只写着"Keep Calm and Carry On"（保持冷静，继续前行）字样的马克杯是六年多前在伦敦买的。后来不知怎么它就成了我的吉祥物：书稿结尾时才拿出来给自己做杯咖啡。因为这时候我已经没有退路可走，需要一点鼓励，一点加持。朱利安·巴恩斯已经把这种忐忑无力总结到了一个完美的书名里：《终结的感觉》。

今天要结尾的是一本翻译的书，已经为之忙活了两个月的时间。当时编辑发来样章问我要不要翻译，看了前言就答应下来。因为这本书将为大家解答很多问题，尤其是关于写作的。

在这本书里，当代最优秀的小说家之一将成为你的写作课老师。他是毫无保留的朋友，也是严厉的老师，教你写作这门手艺的技巧，还有应对因此而陷入混乱的生活的方法。

至于为什么杯子上写的是"keep calm and carry on"而不是"let's celeberate"（让我们庆祝吧），是因为翻译初稿完成之后，将有很多很多的修改，很多很多的推敲。这是比翻译更困难的过程，你容易自我怀疑，自我否定。

这只红色的杯子告诉我，喝完这杯咖啡就要开始走一段有些难走的路。

Keep calm and carry on.

不仅仅是修改译稿，在完成自己的文章时也会有这样的忐忑。你知道自己写得远远不够好，甚至可以说不及格。你把与自己旨在谋求解决方案的对话扭曲成一场自我折磨。也有情绪比较好的时候，会很想得开。对自己说：聪明伟大如契诃夫或福楼拜，是否也会在某个深夜看着手稿觉得自己写得不好？这样的情况一定有吧。同理，电视上那些美得耀眼的明星说不觉得自己好看，甚至相貌有各种缺陷，我们也应该相信他们说的是发自肺腑的大实话。

人生是不能也不该与他人比较的。我们要过的，无非是自己那一关。虽然这世界上最难取悦、最不知通融的，正是自己。不过学会无伤大雅的沮丧和失望也是人生的必修课。有一天，你会足够强大，清楚知晓牢笼的存在却不被它囚禁。为了能抵达那里，现在就让我们 keep calm and carry on。

———
———

人生是不能也不该与他人比较的。我们要过的，无非是自己那一关。

虽然这世界上最难取悦、最不知通融的，正是自己。

一点执着，十分将就

"一般而言，凡珍稀难求之物，无品味教养者必趋之若鹜。此类事物，不如没有。"这是《方丈记》中最令我难忘的句子。虽然是本小册子，书里却时常有此类叫人心惊自省的劝诫。

好在收入也并不允许我做那种附庸风雅的俗人，并且明白，到人生的这个阶段，"懂得舍弃"是比"努力得到"更重要的功课。

然而智慧与情感，常常走相悖的路。我在明白物质的虚无之后，虽没有追求"奇花异草"的心，却有始终不肯丢弃的琐碎廉价之物。

这只横手白瓷茶壶用了快九年。那年盛夏在新加坡出差，住在圣淘沙的酒店。白天外出工作，热得感觉衬衫要拧出水来，时刻在中暑边缘徘徊。累得崩溃，但一次没有哭过，不是因为坚强，而是因为出太多汗，没有泪水。

酒店房间有电热水壶和茶杯，却没有茶壶。不知是出于怎样的执念，一天傍晚我特意打车过桥去市区买茶壶。后来在一家"五元店"里找到了这只横手白瓷茶壶。回到酒店，电话叫了晚餐，泡壶茶，心就定了，第二天继续出门苦干。

装在壶里的袋泡茶和装在杯里的袋泡茶，有什么区别呢？

却又那么不同，因为这个不同，我觉得过得不那么将就。

人生里那些事，来来去去，轻或重，真或假，孤绝或者平易，谁说得清呢？关山重重，都是心魔吧。但我记得，曾经努力想要照顾好自己，这份倔强让我在后来很多的挫折面前没有低头。

————

————

生活的变化反映的是内心不可阻止的变迁，
我开始期待自己努力追求留白的韵味，着迷"空阔之美"的那一天。

陈旧暗哑事物

暗是白色之外，另一种层次分明表情丰富的颜色。它不同于黑，也不等于灰，是将光亮收藏因而隐没了喧闹的颜色。在旧的锡器和未经打磨的石英中，常常能见到这种暗。质地纯的锡器，陈旧之后甚至比那些没有得到妥善保养的银器更美。因为经常使用而变钝的线条，稳当的声响，给人朴素可靠的感觉。

多年前买的马来西亚锡质水罐，每到夏天就拿出来用，因为它的颜色有凉快的感觉。从不加以保养，也没有旧得不堪。对银器你可不敢如此怠慢。

暗色容器像一个稳重的舞台，让所盛之物都安静起来。

也曾追求过簇新闪耀的物品，比如水晶、铜与金银，后来发现旧得好看的东西也不错。时光带来的暗淡有些类似于谷崎润一郎笔下描绘的荫翳之美。不言不语的含蓄，掷地有声的敦厚，经得起粗糙的使用而造成的磨损。

一路走来，家中使用的物品不断更换，可以说是喜新厌旧。生活的变化反映的是内心不可阻止的变迁，我开始期待自己努力追求留白的韵味，着迷"空阔之美"的那一天。

人生说明书

电子产品的说明书是我最不喜欢阅读的纸制品，详细叙述各种副作用并配有分子式的药品说明书则有趣得多。经常在购买新的家电后像认识陌生人一样摸索它的使用方式，即使毫无头绪也不肯向被丢弃一边的说明书投降。起码手机的说明书我一行都没看过，很多功能是在使用中碰巧知晓或由朋友教会的。

最近冰箱坏了，不制冷。这种情况实在需要求助说明书，可惜毫无意外地，说明书不知去向。在清空了所有变质的食物并插拔了几次电源后，我开始接受现实，在书房上网物色新的冰箱。厨房不停传来冰箱嘀嘀嘀的高温报警声，仿佛在努力地不停地说："请不要放弃我。"这样想的话，挺心酸的。所以不要随便把物品拟人化，否则最终真正为难的还是人类。人工智能或许也是人类一种与拟人的修辞手法类似的想象。

尽管阅读说明书很麻烦，不过总体上来说，我依旧爱物多过爱人。这种情绪有点像电视剧《年轻的教皇》中裘德·洛的台词，剧中他扮演的教皇年纪轻轻就执掌梵蒂冈，清楚人性一如他精通权谋。在夏天的意大利庭院中，穿着无瑕白袍的英俊教皇对试图勾引自己的金发女人说：我爱上帝，因为爱人类太过痛苦。我爱那个永远若即若离的上帝。

物与人绝对不一样，拟人实在是我尽量避免的修辞。在我看来，对物品的爱可以轻易直接地表达，遭遇意外的终结时也能坦然接受。即便会心痛惋惜，也很少有人会对着不小心摔碎的碗哭泣。与人成为朋友或者情侣，常常有一个漫长的开头，或者说磨合期。有时还热衷于欲擒故纵、以退为进之类的游戏，直愣愣地看着对方的眼睛说"我喜欢你"，这种事做起来并不容易，也会被认为唐突。自然，当友情破裂或者恋情终结，心碎、眼泪甚至怨恨更是在所难免。

此外，物品使用过程中发生的事会点滴化为回忆，就像物品表面积累的痕迹，物品因此从有价变得无价，意义无法衡量。这也是很多人会在抽屉深处藏着片破碎树叶或塑料纽扣的原因。人的关系似乎恰恰相反。人在相逢初期无私地奉献，近乎盲目地顺从，相处久后，却往往因为某一方的计较而变得有了"价格"：我为你做了这么多，我付出了这么多，你可有珍惜？

贴上了价格标签的关系，实在是一件令人觉得遗憾的东西。其价值还不如一颗螺丝钉：螺丝钉这种便宜低调的物品，有一天会让整部复杂的机器运转起来。

虽然不喜欢读说明书，但我的大部分问题都是通过阅读解决的。倒不是说书里有现成的实用答案，而是读书能够让你安静以及平静地度过时间，既不会打扰他人也不会伤害自己。因为这样的性格，我在积累了很多物品的同时，也结识了几个无价的朋友。

有时我不禁想，人生怎么没有说明书呢？不是那种唬人的鸡汤故事，而是实实在在的，明确有用的操作指南。类似餐桌礼仪或手表组装，最好图文并茂。

可惜没有。大概造物主觉得，如果人生有说明书为所有事设置规则与标准答案的话，他作为全能的存在未免太缺乏想象力。但也许只是出于仁慈：概括来说，人活着不过是在令人沮丧的既定事实（比如衰老、病痛、死亡）之间享受不确定的快乐。所以人生更像是小说，而不是说明书：你不知道故事将以何种方式如何展开。它可能发生在火星，也可能发生在中世纪，也可能是一个中世纪的僧侣来到了火星。

但如果有一天我接到任务，必须写一本《人生说明书》，里面该写些什么呢？大概可以这样开始：

一、不要因为价格或库存问题而将就着买东西，到头来这笔开支总被证明是额外的浪费，附带每次使用时淡淡的不满。

二、杜果闻起来比吃起来更香，可以多买几个用来闻。

三、面包要在下午三点半以前购买，因为晚一点的话，放学的孩子会把所有面包都摸一遍。

多吃了一碗饭

朋友问我有没有什么特殊的才能，我想了一会儿回答：即使很难过很低落的时候，我都能好好吃饭，不知道茶饭不思的滋味。人到最后，不是都应该在食物中找安慰吗？因为食物最简单实在，不会跟你周旋废话，好吃就是好吃。吃饱之后人会分外淡定，要杀要剐也没那么在意了。

"还知道饿，那就没事。"内心有个声音在说。

曾因为想品尝最地道的北欧料理，千里迢迢去了法罗群岛，尝过最新鲜的鳌虾与扇贝后觉得不虚此行。可平时我对所谓"高级的料理"很是提不起兴趣。寄宿那些年我曾因为嫌去学校食堂吃饭麻烦，吃了整整三个学期的方便面，最后在中考前免疫系统崩溃，一场小感冒引发重症。每天去医院挂完水还要回学校交作业，因此获得过一次班主任的表扬。之所以记得是因为性格乖张不受一些老师喜欢，获得称赞是很稀罕的事。

有一个秉持单身原则多年的朋友，在给我演示红烧肉的做法时很严肃地对我说：如果制作方法超过三个步骤，就不算真正的单身汉料理。他还说，我们的目标是简单、好吃。两个标准都不可以将就。一个人可以慢慢做满桌宴席料理，也可以随手快速解决吃饭问题。就是这样的随意，才算单身汉料理真正的精髓吧。

受他启发，很想在微信平台上和大家多分享几道工序不超过三道的单身汉料理，发现介绍过香椿炒蛋和文蛤炖蛋之后，实在没有什么菜可以介绍了……如果一定要推荐，其实白米饭也可以勉为其难地入选吧。好白米饭本身的滋味胜过没有用心制作的菜肴。也可以玩一些口味上的花样：在上面撒些海苔粉之类的调味，木鱼花的薄片会因为热气而颤动，也有朋友会趁米饭热的时候挖一勺黄油放上去。

因为没有电饭煲，我用普通的锅煮米饭。没有什么难度，只是需要在水沸后随时在一边注意火候罢了。熄火后焖一会儿也很有必要。我把米饭的香味看作额外的奖赏，那是世间最香最美的味道。

如果说口味有什么特别，那就是不喜欢吃甜食。巧克力、奶油蛋糕、冰激凌这些美好的存在对我来说只需提供听觉上的愉悦感就足够了，吃起来反而感受一般。但有时，尤其是写稿到深夜，万籁俱寂，揉着酸痛的肩颈从书桌前站起来，从打印机里拿出打印好的初稿，通读之下发现居然还算满意，会想要煮几个芝麻汤圆，柔滑的糯米有抚慰人心的力量。这一个人在深夜品尝的软糯香甜，会让我暂时忘记一个人面对空白稿纸的艰辛和胆怯。但大多数时候，你会像小学生等成绩单一样忐忑地等待打印机把你的稿子吐出来，却发现上面打满了红色的叉，你擦干眼泪、心怀失意睡去，第二天醒来吃一大碗又咸又辣的方便面，继续坐到书桌前写起来。

会想起说做饭的事情，是不久前在逛 muji（无印良品）的时候经朋友推荐买了《记忆的隐味》这本书。这位朋友是最优秀的编辑，果然目光独到。近年美食类的书籍比比皆是，但我从来没买过。大概我这种能吃方便面为生的人，实在无法在一粥一饭里看出那么多人生的道理与感悟。连电饭煲、微波炉都没有，更不要说什么烤箱，也做不出那些很讲究的菜式。

这是本很简单的书，轻型纸、大开本，"舒服""不做作"是最初印象。高山直美分享了生活与旅途中曾出现过的食物。粥、汤、橙汁、三明治、蚕豆、面……简单的文字，但很有魅力，大概是作者本人的魅力。"表演是假装的艺术。"但写作这件事，越努力掩饰越容易露出马脚。

翻着写食物的书，我觉得我们把书比喻成精神食粮也是很贴切的，看过的书，遇见过的人，经历过的事，就像吃过的食物，给我们酸甜苦辣的滋味，最终成为我们的一部分。是药也好，是营养也好，甚至垃圾食品也罢，多多少少塑造着我们的样子。

七月流火

如果你问夏天的味道是什么，我大概会说是点了一夜的蚊香之后，第二天清晨水杯里蚊香灰的味道。

处暑节气，起了凉风，我强打精神写完今年的最后一篇杂志稿，之后的邀约准备一律婉拒。收到编辑的确认回复后，把厨房里所有常用的瓷器都清洗了一遍。那些不知不觉间积累起来的茶垢和污渍，像经年累月积下的疲惫。清洗的时候听见了知了的鸣叫。

知了当然已经叫了很久，大概六月底开始就根本没有停过。但今天我才第一次听见。所谓"听见"，是停下别的事，专心地听那些嘶鸣撞击耳膜，像一茬茬收割某种干燥的农作物。

七月流火，傍晚时分心宿"大火星"在天际落下，秋天也就到了。虽然并没有小时候那么喜欢夏天，但她的离去依旧让我觉得有一点点难过，因为它曾经是一年中最自由惬意的时光吧。

小区的猫咪依旧不太喜欢我买的猫粮，吃得有几分勉强。但我自己吃饭也不过是求饱，不在意味道，所以毫无愧疚地走开了，没有费心思问它们究竟喜欢什么口味。

这个夏天我觉得很累，也有令我失望的人与事，却没有想要抱怨。或许有人会觉得与过去的美好相比，如今自身的状况不免略显惨淡。但今昔不是对比，不应该对峙成互不能相融的彼此，而应该是映照的关系。在过去的灿烂光芒笼罩下，现有的一些苦痛似乎可以减轻些许。

我以为，不顺利时回首过去，当如坐暗中遥望春天里明亮的庭院般，更觉内心光华明照。

"托你的福，曾经有过十分美好的生活，如今它们依旧是我珍贵的记忆。因此非常感激。"对过去的自己，大概就是这样的感谢的心态。

七月坏掉的东西有：

手机、iPad、无线键盘、冰箱、煤气灶

修好的东西有：

冰箱

无法修复只能替换的东西有：

手机、无线键盘

没有处理的则是：

iPad 与煤气灶

无用的筹码

曾在自己的书里将过去某些难忘的时光比喻成琥珀，但我喜欢的作曲家肖斯塔科维奇有更好的比喻：它们太烫，所以就给它们浇上纪念的汤汁——最好的胶质，把它们变成肉冻。是的，青春岁月就是这么一个肉冻般的存在，摸在指尖尚有余温，虽然真相已被封存，但外观依旧会因触碰而改变形状：有时是这样，有时又是那样，似是而非。

当然永远不会改变的真相也有：当我的语文和英语屡获高

分的同时，数学朝着无法预计的深渊滑去，所有得分全部得益于概率——"你总能猜对几道选择题的。"数学老师常在考试前这样安慰我们，事实是我真的能猜对几道题，当然也只能猜对几道题。

数学考试带来的煎熬像烧红的烙铁，你知道它会降临并做了无数准备，但等它真的降临时你依旧痛苦不堪。比起自己的学习能力，我更怀疑的是整件事背后的意义：好的成绩代表好的大学，好的大学代表好的工作，好的工作代表好的社会地位……但如果这一切都不是我想要的呢？为什么要为你不要的东西苦苦支撑？

直到班上著名的捣蛋王发现试卷印刷前老师都会将原件放在办公室抽屉中，尽管教学楼出入口都会上锁，但他可以从倒垃圾的管道爬上楼，再从窗户爬进办公室，将试卷偷出来复印然后归还。

出于对我人格的信任，他将语文和英语试卷交给我负责，另有个我不知道身份的天才负责数学。我们连夜做好试题，将写好的试卷复印件交还给这位偷试卷的同学，他负责答案的整理和复印，再将这些答案转卖给需要的同学。作为回报我可以免费得到数学答案。

要对得起你受到的信任，是我从作弊中学到的第一件事。

有次月度摸底考试，我在层层试卷与草稿纸中间偷偷打开数学答案的时候完全惊呆了：那是一整张试卷的复印，而不只是缩印的答案。如果不是还有我在开考前特意额外要求的一沓草稿纸作为掩护，实在很难向监考老师解释自己怎么会有两份笔迹截然不同的考卷。

中考前最后一次模拟考试，我照例连夜完成了英语和语文试卷，然后等着数学答案，但是这次情况有点不同，偷考卷的同学在给我答案的时候说："我好像暴露了，现在想起来偷数学试卷那天晚上，办公室地上那张白纸不是不小心掉在地上的，我留了脚印。"

东窗事发——有时候真的不得不折服于中国文字的博大精深，好像世上没有四个字不能概括的事。那位偷考卷的同学被迫"招供"出向他购买答案的几位同学，这些被招供出来的同学又继续供出与之分享答案的学生的名字。偷考卷的同学作为"主谋"最后被学校劝退，但他始终没有说出我的名字。

那位提供数学答案的同学也至今身份成谜。我一直怀疑是同班那个得过奥数大奖的男生，我们关系不错，但也没有向他求证过。最后一次知道他的消息是他结束巴黎第六大学的留学前往香港定居，供职于某家著名投资银行。

这是我学到的第二件事：限制自己的好奇心。

我从来没有问过偷考卷的同学，他都把答案卖给了谁，卖了多少钱。如今想来，比起获得高分，打开试卷那刻发现面前这张试卷和自己前几天晚上做过的那张一模一样，才是真正的快乐：三个赌徒，在和老师的较量中再次得手，沉闷压抑的生活也有了一点点乐趣。

这是我学到的第三件事：真正的快乐往往和钱关系不大。

我们要追求的是那些能让你心跳加速的瞬间。

最终的调查结果显示，全年级约 70% 的同学参与了这场作弊。因为与"主谋"的友谊，我作为重要"犯罪嫌疑人"，我父亲被"紧急传唤"到学校，老师希望他能劝说我承认错误。看到好久不见的父亲，我主动交代了数学作弊的事情。父亲点点头："猜到了，但事情已经发生了，也没必要告诉老师。再说，我觉得老师不应该干涉学生的交友自由。"回家前，父亲又提醒道："你要当心了，全年级都要重考。这次他们会把考卷原件锁进保险箱，你是拿不到数学答案的。要是排名不够好，你得想想怎么跟老师解释。"

那次重考我得了年级第三，排名反而上升了一个位次，彻底摆脱嫌疑。我没有告诉父亲，自己只是没了数学答案，但很多人同时失去了我的英语和语文答案，损失更为惨重。

然后就是中考。我清楚记得交出政治试卷的那个时刻，因为后来的人生里，再没有什么事和那场考试一样，每个提问都有着那么清晰简单、一丝不苟的标准答案，白纸黑字。

随着年龄的增长，需要面对的事情和试题一样，变得越来越复杂，而单纯的我们在最初总是被它们表面的生动有趣吸引，不惜泥足深陷，要到眉眼积了风霜才说什么"返璞归真"的傻话。

比起初中时代，我的高中时代平淡得多：作为一个国家级重点中学，能来这里读书的人都不太需要靠作弊过日子，虽然也有人以此为乐，但我早已经无法从中感觉到刺激。喜新厌旧是人的本性。

作弊曾是我反抗沉闷初中生活和升学压力的唯一手段。但我渐渐发现反抗的方式有很多种，而证明自己的方式则更多。总有一天你不会再像当初那样渴望，渴望一点关注、一点理解，期待为一切寻找确切匹配的答案。你学着接受没有答案也是一种结局，到后来你甚至不再想要证明自己：你与自己握手言和，无论是优秀还是平庸，可爱还是古怪，美丽还是姿色平平，你可以接受自己所有的面目。对我来说，青春期到来并不是以早恋为标志，而是这样的一种释然。

也是从那时起，我开始明白一种叫孤独的情绪。身边都是同龄人，我们穿一样的衣服吃一样的饭上一样的课做一样的试题，但我们之间的不同就在于这些机械化的重复的雷同背后，默默地将彼此隔绝成岛：我们朝夕相处，甚至情同姐妹，但未必彼此懂得。

我把精力发泄在做英语选择题上：一节课不到的时间可以完成二百道选择题，错误从不超过三道题。因此英语老师为我报名参加了全国中学生英语竞赛，通过层层选拔赛后，我得了全国一等奖。奖状不知道是从哪里寄来的，发奖状的时候老师问：你为什么喜欢英语呢？我心想：因为我觉得无聊啊。

多年后我翻译了一本叫《夜航西飞》的英文书，共计二十万字，它是本很旧很旧的书，出版于第二次世界大战之前，无论是遣词造句的方式，还是题材或情怀，都含蓄老派。很多读者以为我是个坐在书斋里翻字典的大叔，看到我本人的照片后惊讶于我居然不到三十岁，还是女生。仔细想来，我这种近乎大叔般的平静也是在那个时候开始萌芽的，在我埋头做那些英语选择题的时候。

没有英语选择题和阅读理解题可以做的自修课，我就写自己的故事，工整誊写完寄到喜欢的杂志。稿费单寄来后，趁午休时间飞奔去邮局取稿费，有时候邮局排队的人多，会因此错过下午第一堂课。有些诧异的老师经常不问我原因就让因为奔跑而喘得上气不接下气的我回座位上去——如果你成绩好，会有一些免于质询的特权。

稿费全部买成书，小说、散文、画册，什么书都有。常常在晚自修的时候偷偷看，这个习惯一直保留了下来，后来有了自己的家、自己的书房，我也总是在夜晚阅读。只有夜晚的阅读能让我获得平静，体会到那种近乎失忆般的快乐——专注让你暂时逃离这个世界，也逃离自己。

只是夜自修的阅读总是被窗外走过的值班老师打断，手里的书被没收，我就从书桌里再拿一本出来看，再被没收……

反正它们最后都会到班主任的手上，而他会悉数还给我，归还的时候有些担心地问：你这是怎么啦，有压力吗？马上考试了，要注意调节心情。他面对的是一个学生，更是一个重点大学的名额。

世界从来不是公平的，但若干特权也可以用血汗去换。这是我在中学时代学到的，最后一个道理。

我很少回忆自己的初中时代，那段所谓"青葱一样"的青春岁月：它们已经发生过了，像件已完成的作品，再没有血肉相连的喜乐哀伤；但它们又不够老，尚无再次检阅的必要。如今回头看，它就是这么一个略尴尬的存在。

年轻没有什么好，来路有很多错等你去犯，那意味着很多彷徨、很多懊悔、很多担忧；年轻也没有什么不好，你还有时间去学习、去改正、去摆脱。青春大概是最无用的筹码，靠它赢来的那些都不长久，但因它而输掉的那些，会真正在记忆里长久留存下来，成为催促你前进的动力。

———
———

年轻没有什么好，来路有很多错等你去犯，
那意味着很多彷徨、很多懊悔、很多担忧；
年轻也没有什么不好，你还有时间去学习、去改正、去摆脱。

小玩意

平时的生活不过是买书、看书、做书，偶尔出门和朋友吃饭。时间以桌上的花期为衡量尺度。有个朋友告诉我，送花不建议选大的向日葵，免得"收到花的人日后看到它们凋谢时的沉重"，因此花店会准备可爱的小型向日葵花。我在向日葵谢之后，选了更轻盈的白色百合。可惜天太热了，百合会突然掉落，只能把它们养在盛着水的玻璃盘中。

我所在的城市没有秋天，盛夏过后仿佛一夕之间就是冬天，匆匆忙忙把夏天用的物品都收起来。白色的亚麻被单、白色的竹节棉短袖汗衫、带盐香的海岛气息的香水……因为冷而发白的指甲盖，开始需要深蓝色的羊绒衫。夏天时玻璃罐的蜡烛用得多了，在秋天换黄铜罐的，氧化后有一点老旧颓废，是所谓"岁月"的直观表现。日子就是这样过的。每天不厌其烦把衬衣上的褶皱熨平，转头开始收集皮肤的褶皱。

因为找不到合适的颜色，也因为贪图简单，我生活中用的物品常常是白色的。白瓷杯装什么茶都好看，白毛衣穿到起球都舍不得换。过去几年我一直在找一种暗绿色的墨水，但买到的不是太葱翠就是偏灰暗，后来很多牌子都开始出苔绿，终于得偿夙愿。我又开始找一种暗红色墨水，有点像枯萎的红玫瑰花瓣，丝绒质地的红，比干涸的血迹又再艳一点，但不能有巧克力那种棕，否则就不够冷不够静。要求太明确具体，反而很难办。但就是这种寻找，成就了过程的快乐。

百乐出了套墨水，其中有款紫红色的叫 tsutsuji，踯躅。名字很美，但颜色太明快，一点没有夜半写稿反复推敲的苦痛，大概这"踯躅"是流连好景的享受，不是笔者进退维谷的艰难。后来精通日文的朋友告诉我，tsutsuji 是杜鹃花的意思，写成汉字居然是这样别有意味的两个字。这样美丽的误会常常发生在不懂日语所以用中文意思理解日语中那些汉字的人身上。

Pent 大（西制作所）和 Platinum（白金）都出过名为"红锦鲤"花纹的钢笔，赛璐珞质地，珍珠白底色上鲜红花纹，像极了锦鲤。握着一条锦鲤写作，不知是否会文思泉涌，配"踯躅"墨水，锦鲤游过杜鹃丛，文字里一定也是这花团锦簇的美丽景象。

我依旧保留着用钢笔做阅读笔记的习惯，有时候觉得用不同颜色墨水来记录风格不同的文字，也是一种阅读的方式。Herbin（埃尔班）的"昨日之花"常常用来抄写杜拉斯的随笔。用百乐的"山葡萄"抄写 Mark Strand（马克·斯特兰德）的诗。他说：

Even this late it happens:
The coming of love, the coming of light.
（纵然这一切姗姗来迟：爱的降临，光的到来。）

亦舒将多年不曾接受的媒体采访统一回复，结集成小小一册《写作这回事》。其中讲书中人物的部分十分有意思，比如"方中信"这个名字的由来，好奇的读者可以马上重温《红楼梦》求证。以及永远的"家明"这个人物的塑造过程，都是从物质的细节开始：他的客厅什么样，他的书房如何布置，他读什么学科，他的职业，他的打扮。好像身为现代都市人，物质条件过得去，往往没有什么曲折复杂的内心世界可以探索，所以一个人的深度只能从吃穿用度上去挖掘——你看到的这些外在也差不多是全部内在了。当然，亦舒也不会忘记具体介绍家明使用的文具：地球牌金笔。这是一个法国老牌子，造价不菲，销量也有限。

我用得最多也最久的是一支万宝龙肖邦笔，大概有十二年或者更久，这支笔外表平淡无奇，唯一特色是左右手写来都出水顺畅。后来为旅行需要买了两支小巧的莫扎特。我知道自己会一直写下去，不知道的是后来的几年书写与阅读的电子化变革来得这么快和彻底。笔记本电脑已经换了四五台，钢笔依旧稳定可靠：笔尖、笔杆、上墨器、笔帽，打理起来容易，没有多余缀饰，就是钢笔应该是的样子，可见还是老派的工具可靠。

为着写几个字在工具上搞出这许多的花样，好像是有点过分。做人最重要的是专注，但喜新厌旧的心用在这些小玩意上似乎无伤大雅。加速度更新换代的生活里，还有心记挂某物某事，已算是老派兼长情。

很小的时候，我有过一支"永生"牌的金笔，是考试得年级第一后家长的奖励。永生当然没有可能，也并不算福祉，西蒙娜·德·波伏瓦在她的小说《人都是要死的》中，讲过一个永生不死的故事。偶然喝了永生药水的意大利城主，灵魂被困在不死的躯体中，经历了很多的朝代更迭与情感波澜，最终他在永生之中明白了活着的孤寂和无意义，死亡成为他最迫切的渴望与不可及的奢侈：

"这需要很多力量，很多傲气，或者很多爱，才相信人的行动是有价值的，相信生命胜过死亡。"这是我十八岁那年暑假看的书，很多细节都已经模糊，它和很多个已被忘记的夏天一样，风化成为一小撮几不可见的土壤垫在我此刻站立的土地深处，为我的人生涂了一层蒙蒙的灰色。

这个故事告诉我们，能活有限的一世还是不错的，因为时间有限，要分外努力上进。那些你四处搜罗囤积的物质，琐琐碎碎虽然麻烦，却也凭借一些重量与温度，让你不至于觉得活着太空虚无凭。神灵在微物之中，对繁忙的现代人而言，生活中的小玩意就是信仰一般的存在了。

MEMO

CAPRI CAPRICE™

BERRY, GRAPEFRUIT
AND TOMATO SMILE

www.mymemo.com

做人最重要的是专注，但喜新厌旧的心用在这些小玩意上似乎无伤大雅。

Chapter 2

在阅读中自由

———

沉吟不敢怨春风，自叹容华暗消歇。

花里住着妖精吗

现代人的生活处处是困境，也有越来越多的故事与书籍热衷于倾尽笔力描写探讨这些进退两难、出路不明。但在古代，人们更关心别的事。比如貌如钟馗的温庭筠，性格桀骜且屡为权贵非难，但不耽误他倚声填词，笔下字字句句都是花与春天：牡丹花谢莺声歇，绿杨满院中庭月。

不过对花的喜爱，还是多少流传了一些下来。

前几天在书房写稿，余光看见窗外下雪，心里一阵疑惑。

写完一句话再回头时，外面确实是融融春光。以为自己时常有错觉的情况复发，这时风起，"雪花"又纷纷扬扬飘落，探头到窗外发现是那株平时并不引人瞩目的樱花树在我离开上海的日子里开了满树的花，现在开始谢了。那细雪般的花瓣像无数细小的声音在喊着再见，却没有被听见。

可惜盛唐时期人们爱牡丹，不然以现代人对樱花的热衷，"花开时节动京城"说的就是樱花了。樱花树花落时的姿态最美，有种月盈而亏的不安，也有繁华虚掷的痛快。仿佛为这一场几秒钟的风，一棵树做了一年的准备。

唐朝人段成式在《酉阳杂俎》里讲过韩愈的侄子种异色牡丹的故事，也讲过一个花树与风的故事。我很喜欢。

故事说，唐天宝年间（742—756 年），处士崔玄微带仆人童子出外采药，一年后才回到洛阳城东的房子，"宅中无人，蒿莱满院"。那是盛春的一个夜晚，家人都不在，他独自在微风中赏月，三更后有青衣女子说："我和几个女伴要去上东门表姨家，能借你院子休息一下吗？"玄微说可以，很快进来十多个美丽的女子。

他们一起饮酒作诗。席间封十八姨举止轻佻，弄脏了名叫阿措的女子的裙子，阿措生气地说："大家都有求于你，但我才不怕你呢。"几个晚上后春夜宴结束，众人告辞，阿措姑娘临走拜托崔玄微说，来年春岁二十一日平旦，东风起时要在院子东面挂朱幡。第二年春天玄微遵守了诺言，洛阳城折树飞沙时，他院中繁花不动。玄微这才明白过来，那些姓杨、陶、李的女子都是花精，阿措是安石榴，封十八姨是风神。

为感谢玄微的照顾，那夜路过的女子中一位姓杨的之后又
来访道谢，带来桃花李花数斗给他，说吃了可以延年益寿。
元和初，崔玄微还活着，容貌像三十多岁的样子，那正是
他遇到花精的年纪。

看完故事回头再读那些女子在祝酒时吟的诗，才明白句句
有玄机：沉吟不敢怨春风，自叹容华暗消歇。还有：自恨
红颜留不住，莫怨春风道薄情。安石榴则要到五月夏至时
分才开花，且花朵要比桃李稳固许多，怪不得阿措能在受
欺辱时拂袖道：余不奉求。

段成式爱琢磨很多东西，如传说杂谈，鬼怪方术。但他想必
也爱花。《酉阳杂俎》里除了奇闻怪事，还记录有许多神
奇的植物：安息香二月开花，无石子则三月开花。白豆蔻
七月采摘，阿驿树的果实每个月熟一次，味道像甜美的柿子。

书里还记录着一个花般香艳的故事。吴国孙和宠爱邓夫人，某日醉酒后挥舞如意，伤邓夫人脸颊，血流如注。命太医合药，太医说要找白獭的脑髓，混合玉与琥珀碎屑，涂抹在伤口可以不留疤痕。孙和以百金的价格买到了白獭，合药时琥珀碎屑放多了，伤口愈合后，左颊留下赤红的痕迹，如红痣，姿色更为妍丽，宫中女子为了得到宠爱，争相在脸颊点上花红色。

这个故事《拾遗记》里也有，在第八卷吴国的记事中。只是细节更具体，比如当时孙和将邓夫人抱在膝上，挥舞的是一只水晶的如意。百金购来的并不是活的白獭，富春渔人说这种动物很敏捷，见人就躲入石洞，但祭鱼时会发生争斗造成死伤，石洞中应该有枯骨，虽然没了脑髓，但是拿了骨头来磨成粉末用也是一样功效。只是，《拾遗记》没说是伤了邓夫人哪一边脸颊。

万物之中都有神在，那应该也有物品中栖着妖精吧？比如会留下灼灼红痕的琥珀粉末，比如盛开的花。它们看着尘世间的人们越来越营营役役地活着，只是对它们短暂的花期表示浮光掠影的欢喜，却再也不会巡山问道，也不会月下相邀，不知有没有伤心？

微光

入夜前透明的蓝灰色的天空，闪着信号灯的飞机轻盈地滑过。

曾有一个住在机场附近的朋友告诉我，时间久了，他可以根据飞机起飞与降落的方向，推断出那天的风向。我打扫了房间，买了花，前阵子因忙碌而被摒弃的声音，如冲破堤坝的洪流，涌进来。

开心的是，最近好像每天都有礼物收。很多人问我关于新书的事。我在写了那么多字之后，其实暂时已经没有多余的话想说。不知道是为了逃避什么，我常常不带手机出门，有时是故意的，有时是忘记了。也不带包，外套口袋里一张公交卡、一张信用卡。想要写些什么的时候，就反复在脑海中默记。去 Old Bond Street 买了大衣，还离奇地迷路一次，并因此偶遇了夏加尔。暮色里怎样也无法看错的红色与蓝色，就像你总不会认错的喜欢的人的背影。毕业旅行那年去尼斯看他的画。爱了他这么多年后，没想到又以这样的方式在伦敦和他偶遇。

Tate Modern（泰特现代美术馆）有奥姬芙的画展，赶上了最后一天。

我折服于 O'Keeffe 的力量，以及她对感觉的描绘，将言语都难以描述的感觉用颜色与形状赋形。在解释早年一件作品的主题时，她这样答：Maybe a kiss（或许是一个吻）。

我也喜欢她描绘的骨头，依附其上的物质与生命形态消逝之后，骨骼展现出它自己的颜色，它的形状，它的美，因此也拥有了属于自己的生命。死亡从来是一个相对的概念。

O'Keeffe 的花是她最为人熟知的作品，我很喜欢她画的鸢尾，走进其中一幅深紫色鸢尾，看到介绍上写着：Dark Iris No.1 1927 Colorado Springs Fine Arts Centre Anonymous Gift.

一件未具名的礼物，来自我今年初夏去过的科罗拉多斯普林斯市艺术中心。

我的工作让我有很多很多相逢，也因此有很多很多别离。但我如此喜欢那些无法预计的相遇，连同这些遇见带给我的礼物，也因此坦然接受了离别带来的痛苦。很难衡量，为了赢一场智力相当的游戏，需要多少意志力。但当你决定放下坚持随心意漂流，就能推开更多的门。

如果说生活与创作给了我什么启发，大概就是我发现创作包括写作的首要任务是相信自己。拿出用圆珠笔做填字游戏的那种坚决和信心来：对自己要写的题材，要描写的世界，要表达的观点，成竹在胸。即便写的是疑虑，也是对自己在疑惑些什么了解得清清楚楚。

你总要信奉什么才行。无论是生活还是写作。

尽管短暂，此刻的春末夏初的过渡是我最爱的时节，空气里那些萌动的未知，如振翅欲飞的鸟类，耳边似乎飒飒有风。我可以在客厅或书房坐一天，只为感受空气里阳光的

生活的比喻 | The Life in Words

变化。我也明白，很多时候，这身外的世界就如同循环往复的季节，连同时间本身一样，不过是参照。我们总以为身边的这个世界变了，但很可能变的只是我们自己。然后，世界被我们改变。

世事艰难。我们不免因再遇不到温和的灵魂而感觉孤独焦虑，却并没有意识到那是因为自己正变得坚硬。与其说是找不到一件东西，不如说是丢失了什么，丢失了与所寻之物相连的那部分自己。不过也不用去填补生命的这些缝隙，因为我们的醒悟大都也来自那里。我们把遗憾埋入这些缝隙，春天时它们或许会转为希望破土而出。

也有人问我书中人是否存在。世界这么大，想必是有这样一个人的。

如果问我喜欢什么样的人，我觉得持重是种很好的修养。虽然轻易说出内心感受，初次见面就呼朋唤友无话不说，也可看作直爽，但我觉得谨慎地了解之后渐渐因相同的观点、审美甚至只是对某本书或某种植物的喜爱而交往起来，才更可爱。

心有不解与疑虑随口就问的人，错过了自己求证并寻找答案的乐趣。这也是我会努力避免的轻率。

拘谨的人一开始或许令我紧张，但从不会让我不快。相反我能快速在这样的人面前放松下来，回到舒适状态。不言不语，像两只白瓷杯子那样对坐，不是也很不错吗？

"昼短苦夜长，何不秉烛游。"

南面的小书房窗外有很多树，总有鸟躲在树荫里啼鸣，是很难形容的悦耳之声。层层叠叠的绿，树木凉的呼吸在暖的阳光里偷偷漫进来，让人觉得像住在山里。买了多叶少花的木本植物做摆设，更容易骗自己不是在城市居住。

春天特别容易让人觉得光阴短，于是分外不喜欢常把"寂寞"二字挂嘴边的人，大概是觉得他们太懒或太笨了，连好好打发时间都学不会。

最近因为天气太好不想写书，所以看了不少书，这些书给我的最大启发在于：优秀的艺术家，包括写作者都没有企图心，他们不想通过自己的作品证明什么，更不觉得自己的作品会改变世界或改变他人，只是凭着一点创作的冲动与表达的快乐开始走一条漫长的道路。这条路也从来不会是笔直的，蜿蜒辗转，绿树花荫，迷路也是乐趣的一部分。

但他们关注物与物、人与人、人与物之间的关联，并以自己的方式发现它们之间存在的碰撞与共鸣。他们能够弹奏别人没有发觉的琴弦，觉察他人尚未发现的日常的玄妙。

我们受惠于这样的创作带来的愉悦，它们带来的思考如花的重量，烂漫而已，从不迫人。

如果说在深处，创作必须出于某种目的，我希望是爱与体谅。我们无法选择地来到这个世界，被各种俗事烦恼束缚，一生会犯下不经觉察的大大小小的罪，很需要这样的抚慰与支撑。

关于春天的诗词很多，我很喜欢这篇。

在重重花树下领悟存在的意义，当是快意人生：

春夜宴从弟桃花园序

李白

夫天地者，万物之逆旅也；光阴者，百代之过客也。而浮生若梦，为欢几何？古人秉烛夜游，良有以也。况阳春召我以烟景，大块假我以文章。会桃花之芳园，序天伦之乐事。群季俊秀，皆为惠连；吾人咏歌，独惭康乐。幽赏未已，高谈转清。开琼筵以坐花，飞羽觞而醉月。不有佳咏，何伸雅怀？如诗不成，罚依金谷酒斗数。

———
———

你总要信奉什么才行。无论是生活还是写作。

是否说爱都太多沉重

"一种锥心的渴望。于是，我们陷入了一个永恒难解的谜：如何从空无一物中创造出某事某物。"

约翰·伯格在艺术评论界的卓然地位常常掩盖了他真正的身份：一位深情的写作者。犀利的洞见与深情的才华似乎很难同时出现，然而这两者一旦从同一个人的笔尖流淌出，那魅力就是很致命的。

《我们在此相遇》这本书里，约翰·伯格在记忆中重回生命中那些重要的城市，与故人重逢。这段并肩同行的旅程，从困惑到了然，你会从一个突然闯进他回忆的陌生人渐渐变成和他一样满脸于思的同路人。

我喜欢可以带我进入另一种人生的书。出于这个原因我才读以前读过的那些书的。我一读书，就丧失了时间感。别种人生，别种你以前活过的人生，或你曾经可以拥有的人生。我希望，你书里所谈的人生，是我只愿想象而不愿经历的人生，我可以自己想象我的人生，不需要任何文字。

我总是想写一个好故事，因为我向往那种可以通过写作经历另一种人生的体验。好的故事最直白浅显的特点就是读起来流畅，写起来费力。我在光线很暗的房间里写故事，偶尔去室外的时候觉得光线太刺眼，自己好像要瞎掉。干脆夜晚才出去散步。这个故事关于爱。不过这个世界上有什么故事，不是关于爱的吗？

爱是脆弱的事，转瞬即逝，相同的爱只在一个人身上出现一次。等这个人不在了，这份爱就连同它独有的温度、质地，以及依附其上的所有期盼、喜悦、狂热、哀伤一同被埋入地下。

会有人爱得一样吗？应该有的，概率是一门科学。科学说的是一些可以肯定的事，但你要等，不知道什么时候，什么时代，什么时空，一份相同的爱会再次出现。它们相互映照，战胜死亡。

我喜欢写作，因为可以在自己的日常生活中，重复的细节之中，一次次虚构不同人物的爱情故事。我在虚构之中战胜时间，也学习生活。我自己的生活和书中人的生活鲜少重合，就像你费心费力计划了一场旅行，断不希望目的地和自己所在的城市并无区别。

有时候我会跨过边界，走入人物的世界，近距离检视其中情节设置的不足，希望自己写的故事波澜起伏。现在想来，这样的举动像一个不速之客闯进正在演出的舞台，检查道具布景，却对演员本身视而不见。这当然是一个严重的错误：你的人物就是故事的全部。故事是人物做的事：会做的事，应该做的事，不该做的事，后悔做的事，不顾一切想要去做的事。

作者拥有绝对的权力。这是件有趣的事，好像会培养出很多会犯错误的上帝。一个不完美的上帝和他带瑕疵的创作物们。现在我只能在意识到自己的错误后，带着歉意重新塑造故事里的人物。塑造人物不是修剪盆栽，纸上的血肉之躯也是血肉之躯，你要带着敬畏心。

最近天气很热，一切都腐坏得太快。思绪常常会回到在冰岛生活的那一个月，从秋到冬，天色与雪线的转变。屋后的山坡上有被冻住的瀑布，傍晚的时候气温急剧下降，直到风也被冻住。

那时我们常常在傍晚时分去湖边散步，放下手里写的文章或正看的书，睡衣外套一件大衣就出门，说是散步，总是跑跑跳跳地前行，因为风实在太大了。遇到被冻住的风就躺在这阵风光滑的表面，背部感受那安安稳稳的感觉。要过很长一段时间寒意才会渗透大衣。在这个国度的这个季节，一切都很慢。一切都很暗。太阳要到中午才懒洋洋地从地平线上稍稍转身，掀起离地几寸的空隙，随即又沉沉落下。面团要花很久的时间发酵。最终时间也冻住了。

如今重读那个时候写的字，会再次体会到那种慢与重，字句都带着风雪的味道。那是我人生中一次难忘的长假。在荒野中，好像远离了所有的神明，又好像无比接近他们。那些壮伟的雪山与冰川矗立于遥远的地平线，暮色中遥望，是神的创造也是神本身。

这些回忆是我独自写作时光里的光亮，你或许永远独行，你或许永远有人护佑随行。你可以偶尔沮丧，但不要放弃。

旧欢如梦

看亦舒是很多人少女时代的爱好，包括我。同期看的还有《姊妹》杂志。那时候我读寄宿学校，所有零花钱都拿来买闲书。每个人偏爱的故事不同，我印象最深的是《这双手虽然小》与《真男人不哭泣》。

最近亦舒的小说出了新版，因为和编辑关系好，第一时间拿到一套。当年我把少女时期写的小说拿出来出版，正是这位编辑在腰封上写：深得亦舒精髓。这事已有快十年，当初在忙课业之余编爱情小说，故事怎么发展全看自己心情，如今写字是职业，渐渐懂"掣肘"的意思究竟为何。想起来当年读着亦舒瞎编悲欢离合的往事觉得有点"惆怅旧欢如梦"。

"惆怅旧欢如梦"是亦舒名篇《我的前半生》中女主人公子君在重逢之际对一见倾心的人念的诗句。原著和前阵子热播的电视剧差别实在很大，先不说戏中对子君诸多叫原著党气得跳脚的改编，单作为配角的唐晶，原著里她穿白色丝绸衬衫不穿胸衣风情万种，而不只是戏中的克制冷清，后来她嫁了仪表堂堂无懈可击的莫加谦。子君在异国他乡经女儿安儿介绍，遇到翟有道："他真是惜字如金，轻易不开口。"从来没有两个多年好友争抢一个爱说教的白领男子的戏码。

不过世道是真的变了。这次重新出版的亦舒，有几个故事是第一次与内地读者见面，故事里开始出现可以拍照的手机和社交 App "Tinder"，只旧金山依旧叫三藩市。《某家的女儿》中，女主角夏雨在公关公司上班，要应对自己虽平淡安稳但同样压力重重的工作与生活。夏雨与不尊重女性的帅哥男友分手，男方先下手为强将所有礼物装箱归还，其中有一只劳力士的蚝式金表。书中这个细节让我在深夜感慨良多。

这个故事让我想起我的一位同样做公关的朋友。我们认识十年多，最早联系用 MSN，约会一般是吃下午茶。因为工作辛苦，三层糕点架，从上吃到下，甜到咸一样不落。一次我们约在新开业的著名下午茶店，因为人气爆棚，没有预约只能坐室外。她觉得那样不够舒适，问可否安排室内。服务生答：那要是本店的 VIP 才可以。她二话不说拿出信用卡买了 VIP 卡，我们坐到店里最好的位置，临窗，还有丝绒靠垫。我担心那张 VIP 卡的余额四五年都用不完。她说："开心的时光，无价的嘛！"

朋友拿高薪，手下助理若干名。代价是工作忙，时常需出差。为省出尽量多的工作时间，常常早班机出发，晚班机回来。累得隔三岔五把行李忘在出租车后备厢，有时找得回来，有时找不回来。这个时候她会说："有个男朋友就好了。"好像恋爱不过是为着有人可以去机场接她，不怕丢行李。

再后来她终于恋爱，送男方劳力士蚝式金表。我们的约会渐渐少了，她在 MSN 上留言说爱情甜蜜。再约是第二年，她恢复单身，我们又到那家下午茶店，用的还是那张余额惊人的 VIP 卡。说起分手缘由，她告诉我有次约会，对方临时推说身体不舒服，要改期。她下班回家后想想有些担心，做了清粥小菜前去看望。来应门的是个女孩子，穿着围裙。朋友强作镇定自称是同事来探病，放下东西就走。后来男人承认是认识那个女孩子在先，"就这样，我从女友沦为同事，又从同事沦为第三者。"

故事到这里还没有结束。不久公司大老板来视察工作，朋友在高级西餐厅设宴款待。到餐厅，发现领位的服务生正是在男友处遇到的那个女孩子。"就是在那一刻决定放弃的，本来想要争取一下，毕竟遇到喜欢的人不容易。我跟在那个女孩子身后入席，实在想不出要争什么。"

朋友提分手的时候，男人自然要挽留。"感情不分先来后到。"他这样辩解。"以后你要写书的话，千万别写这种对白，土得要命。"她一边给我倒茶，一边吩咐。

所有能把自己的挫折与伤心事当玩笑说的人，之前都已在无人角落把能流的眼泪都流完了。他们还会潇洒地劝别人说：人生在世，笑当然比哭好。我一边点头表示遵命，一边问："我关心的是，那只劳力士他还你了吗？"

我这个朋友，也很喜欢看亦舒。

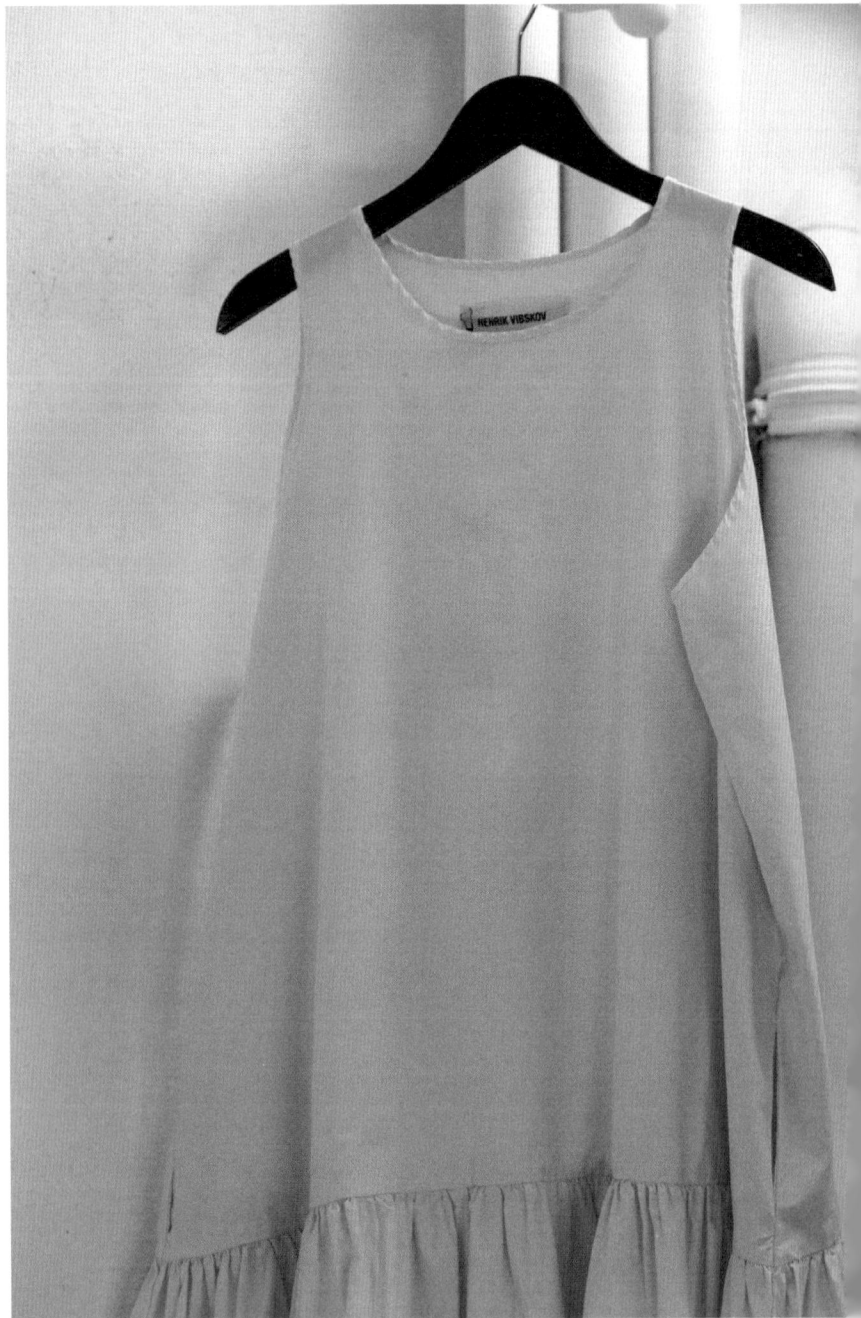

爱的终局算法

曾经，我最宝贝的财富是三颗玻璃弹珠，一颗裹着水上油渍那样的混浊的金色，另外两颗是透明的，里面有绿色和蓝色的絮状花纹。上学前我把它们装在小纸盒里，藏到衣橱抽屉最里面。放学后拿出来，只是看着已觉开心。男生们在地上玩弹珠，我从不参加，怕弄脏，更怕弄丢。睡前我把这些玻璃弹珠放在枕边。

这种玻璃弹珠今天在网店的售价是二十元一千颗。

我们该怎样为自己爱的东西估算价格？或者换一个更委婉的问法：爱有什么意义？

带着这样的疑问我重读了阿西莫夫的名篇《永恒的终结》。故事里的男主角安德鲁作为时空技师可以搭乘时空壶往来于 19 世纪与 2456 世纪之间，他出生于 95 世纪，但他爱的人来自 111394 世纪。最终，安德鲁要在永恒与爱之间做出选择。

看着安德鲁利用人类发明的时间旅行技术穿梭在时间并不断修正人类历史进程，时间的概念突然变得模糊起来，它变成可以重复造访的楼层而不再是不可逆的单行线。我带着惊讶重新审视时间留在我生命里的刻度，发现都快忘记自己是从那个没有智能手机、微博、微信与 App 的年代过来的旧人。那时候人们读书看报，安静地爱一个人，用很多时间想念与等待。科技尚未消弭的距离让我们更懂得珍惜眼前。慎重是一个日常的词，因为一言既出就是承诺。

但不管我们多么多愁善感，对新技术和社交工具的使用多么抗拒，技术都在以加速度改变我们的生活，也因此改变我们的思考方式，并不可避免地，改变了我们爱一个人的方式。

技术让我们变得更像机器人了吗？当然不是，我们的思维永远不会有机器的严谨，充其量我们只是因为享受技术带来的便利而变得懒惰：视频对话替代了见面，微信替代了书信。因为表达方式的廉价，爱情正在贬值。我们疑惑于一次次草率的开始和匆促的结束，埋怨速食的社会人心的浮躁。但又不得不承认，比起下班后一起吃饭聊天，你情愿在家翻看对方的朋友圈。这样的交流要简单便利得多。

但在我这样一个虚无的浪漫主义者眼中，人类的科学探索都带着终结孤独的驱动力（而不是享受这一与生俱来的略带苦味的情绪或者感受）：我们探索宇宙是想要寻找到陪伴，证明地球并非唯一拥有智慧生命体的星球，不用像蓝色泪珠在茫茫无边的宇宙孤悬。我们研究人工智能也是同样，如果找不到同类，那就制造，以技术赋予他们智慧，暗自思考以数据模拟情绪的可能，最终哪怕只是陪你下棋为你唱歌也好。我们幻想的时间旅行，也不过是为了修补遗憾或窥探未来幸福的可能。

同时，人类虽善于犯下各种错误，但也有改正错误的能力：这是人类的高贵品性之一。就算是身处完美的时间隧道或者世界模型之中，人性也永远是不可预计的变量。所以最优秀的时间技师安德鲁会幡然醒悟，比起确定的此时此刻，比起需要冒很多险才能获得的未知未来，那条无穷无尽的时间井、那些看似安全无虞的永恒实在不算什么。我们终会意识到技术带给我们的虚假的靠近其实更像隔离：我们在各自舒适自然的玻璃罩中日渐疏远。我们早晚会从寄生在技术上的懒惰中醒悟，并重新认识内心的需要。

我已经不记得那三颗玻璃弹珠是在什么时候消失的，它们去了哪里。但那种爱惜与珍视确实存在过，后来我还以同样的专注和热忱爱过很多别的事物，以及人。当然对人的爱，可能有所不同。

提出过 23 个数学问题的著名数学家戴维·希尔伯特曾说过：在数学中没有不可知。但爱情中充满未知，所以爱不属于数学题，爱是无法计算的。这大概就是爱的意义：无尽的可能。

生活的比喻　｜　The Life in Words

AlphaGo 的围棋对弈网站账户 Master 在战胜聂卫平后留下一句：谢谢聂老师。在这个神秘账户初次现身大杀八方的时候我就猜测它是 AlphaGo，当然如果是它为自己创造的伙伴那就更加有趣。这句感谢对始终关心人工智能发展并对其未来和功用抱积极态度的我来说，是一场让人想哭的盛大告白，它隐约让我看到人类利用自己创造的技术和工具实现自我突破的可能。而 2017 年 1 月 30 日，AI 程序 Libratus 在耗时 20 天的德州扑克人机大战中击败了人类顶级职业玩家。与拥有棋谱的围棋玩法不同，扑克更具备随机性，它依赖直觉。因此 Libratus 在不断与自己对战中优化策略的学习方法，很像人内心的对话与成长。

在只有变量恒常的世界里，所有论断都更接近愿景而不是总结。我们回头向后顾盼是为着更准确地向前眺望。我们看待人类文明与它的将来的方式，与其说是一场推演不如说是一场祝福，我们可以在推演中将遗憾最小化（counterfactual regret minimization），这种乐观让我们有勇气面对此刻的困境并克服它。

2017 依旧会是各种技术突飞猛进的一年，我深信人类将继续勇敢探索，无论是宇宙还是内心，无论是神秘粒子还是爱情。当人工智能凭借亿万次失败演练达成完美，我们将在无限接近正确答案的路途上，感受直觉与审美带来的无与伦比的喜怒与哀乐。而爱，将是我们给出的最终解答（end-game solver）。

...into
in many, man...
recession-re...riously black and white.
Alexander...Junya Watanabe, Zucca
ours and jo...uberie florals bloom
ice answers...that you wish to experience
. A positive attitude breeds new optimism
ealousy and cynicism. Po...ty is the attitude
rene. This is cos...eeting that
art have the imaginat...ntellect to make
...ctly. Because...o feel better.
...n to lead

假如我知道你的名字

"围绕太阳公转了90圈以后,我没有遗憾也没有更多野心了。"20世纪最伟大的科幻小说家阿瑟·查尔斯·克拉克在他生命的尽头这样说道。

没有哪一位科幻小说家比克拉克更像一位预言家。1945年发表于英国《无线世界》的报告中,克拉克结合其他科学家的宇宙空间理论,详细论证了人造卫星作为地球信息中转站的可能,他认为这些人造卫星应该发射到距离赤道地面35786千米的轨道上,因为这条轨道的运动周期为

23 小时 56 分 04 秒，与地球自转周期吻合，所以在这一轨道运行的卫星对地球来说相对静止，这让覆盖全球的稳定的信息传播成为可能。

20 年后的 1965 年 4 月 6 日，美国成功发射了世界第一颗实用静止轨道通信卫星——国际通信卫星 1 号，克拉克科幻小说一般的报告成为现实。

在克拉克的童年，他最大的爱好是用纸糊的望远镜长时间地凝望月亮。1951 年，克拉克在《科学小说》中发表了一篇名为《哨兵》的短篇，讲述人类登上月球，并发现了外星人留下的水晶金字塔。这个短篇后来发展为克拉克最经典的作品之一《2001：太空漫游》。小说发表 18 年后，阿姆斯特朗于 1969 年 7 月 20 日登月成功，成为第一个在月球行走的地球人。

科幻小说三巨头中，阿西莫夫有机器人三大定律。克拉克也有他的三大定律，其中第一条就是：如果一位德高望重的杰出科学家说某件事情是可能的，那他肯定正确；但如果他说某件事情不可能，那他十有八九错了。阿西莫夫迷恋时间旅行，而克拉克则沉迷于太空旅行，并认为这个梦想不久必将实现。

但这个对自己的预言如此笃定的地球人，也有他的困惑。1954 年，克拉克发表了经典短篇《星》，故事中身为牧师的天体物理学家带领团队穿越星云，找到了已被超新星爆发毁灭殆尽的某个外星文明竭尽全力留下的档案记录。阅览过长达六千年的文明中那些温暖美丽的片段，想到这些无辜生命在他们所处的文明最璀璨繁荣之时惨遭毁灭，牧师曾无比坚定的信仰终于动摇："神啊，你有如此多的星听任差遣，为何要将这些人送入熊熊火焰，燃尽他们存在的证明只为照亮伯利恒吗？"

《星》这个短篇发表两年后，热爱潜水的克拉克定居斯里兰卡，当时的锡兰。在亭可马里深海中迎接他的是无比壮观的景象：带花饰图腾的石柱和象头形状的石雕。克拉克发现的正是两千多年前的 Koneswaram（亭可马里）神庙留在海底的废墟。两千多年来，Koneswaram 神庙都是斯里兰卡人神圣的信仰之所。克拉克或许从未想过，自己会以这种方式与神的另一种面貌面对，超越国度、超越时间，也超越信仰。

1967 年，克拉克完成了《神的九十亿个名字》。故事里香格里拉的僧侣向瓦格纳博士购买了一台拥有自动序列生成功能的计算机，并要求让两名工程师对程序略做修改：输出文字而非数字。因为三个世纪以来，僧侣们都在用他们编写的字母表寻找着神真正的名字，这个名字将不同于每个文明擅自编造的各种书写形式与读音，而是神真正的唯一的名字。他们推测可能的排列将有九十亿个，将耗费一万五千年时间。但利用计算机的帮助，这个时间可以缩短到一百天。

当计算完成时，准备逃离的工程师眼睁睁看着群星在天空中有条不紊地熄灭了：人类试图知道造物主的名讳，自以为这是神交给我们的终极任务，因此将接受最终的审判——消亡。僧侣与科学家一起，以科学的方式证明了神的存在。

我是一个无神论者，但我也很明白，在无限广大的宇宙面前，视线狭窄因而所知甚微的人类大概只配拥有情绪，没有什么资格拥有立场。我无法确定的是，当有一天我们像克拉克预言的那样实现星际漫游，借科学的助力得以走向宇宙的中心与边缘，因更广阔的眼界而拥有对生命本身的全新认知时，人类将更信奉造物主的存在，还是会更坚定地放弃宗教信仰？

2008 年 3 月 19 日，克拉克去世后几小时，雨燕卫星监测到牧夫座发生了伽马射线暴，一颗大质量恒星猛烈爆炸，那光芒和克拉克在《星》中描述的那样，亮过太阳系中所有光亮的总和。这次射线暴发的余辉，成为人类肉眼可见的最远的宇宙景象。这次伽马射线暴被以克拉克的名字命名。

或许这是神不惜燃尽宇宙尽头的某个文明，为着在 75 亿年之后，大声向他最智慧的造物之一最后一次证明自己的存在。

等待的人

这篇文章是在飞往伦敦的路上写的，现在飞机正进入蒙古境内。维珍的 Wi-Fi 信号很不错。

在航班上看完了《飞越大西洋》，这是科伦·麦凯恩继《舞者》之后，最让我赞叹的作品。爱尔兰与美国，隔着一个大西洋，这也是柏瑞尔·马卡姆在《夜航西飞》中飞过的那片海洋。新世界与旧世界之间的汪洋。

1919 年，参加过一战的飞行员布朗与阿尔科克成功创造人类飞跃大西洋的飞行纪录，从纽芬兰起飞，最后降落在爱尔兰的泥沼中。

1845 年，美国废奴运动先驱弗里德里克·道格拉斯来到爱尔兰，宣扬自由。他将见证饥荒与贫穷，并不知道自己的言论埋下了怎样的火种。

1998 年，美国参议员乔治·米切尔奔波于纽约和爱尔兰之间，致力于推进北爱和平进程的谈判。他将见证暴力冲突带来的创伤，那些丧子的哀恸，藏在坚毅的面容和带棱角的口音里。这个故事中散落着时间跨度 80 余年的碎片，缝合这些拼图的是一家三代女性的经历。受道格拉斯鼓舞的女佣莉莉决定前往纽约，在大洋的另一端生根发芽。在那里，她经历战争，拥有了自己的家庭，并在多年后再次聆听垂垂老矣的道格拉斯演说，惊讶于命运可以走得这么远，如此迅疾无声，那么多苦难竟都能如冰雪消融，不见踪迹。

莉莉的女儿艾米丽凭借自身才华冲破重重阻碍成为美国第一代女性专栏记者，一个单身母亲，她将与女儿洛蒂一同见证布朗的起飞。临行前夜，洛蒂将艾米丽写的一封信给了布朗，让他转交至爱尔兰科克市的一个地址。

十年后，艾米丽带着洛蒂重回大西洋的这一边，采访早已经放弃飞行的布朗。得知那封信被他遗忘在上衣口袋里，这么多年一直没有寄出。因为这次旅行，洛蒂将回归爱尔兰，遇到属于自己的命运，像一个圆最终画完。

在这个故事里，男人们成长，探索世界，谈论理想、主义，参加战斗，最后回到他们的女人身边，有的疲惫不堪，有的支离破碎，有时，只是一具尸体。

女人孕育生命，把他们带到人世，哺育他们，照顾他们，仰慕他们，包容他们，最后亲手埋葬他们。

和男人不同，她们从不空谈。她们的努力，像被布朗遗忘的那封信，写了什么从不重要，但能穿越万水千山，见证时间。她们的一生，是细密却不易被觉察的针脚，缝在时代这件衣服的背面。对自由的向往，明明灭灭，始终是她们内心的火光。

这本书让我感觉到世界的小，充满一场场无言但默契的相逢；也让我感觉到世界的广大，我们带着自己见过的风景、经历的故事，长路迢迢遇见，每一个决定都可能改变各自的命运。或许我们的故事就像这本书里的人们一样，早已经开始，如树的根在深不见底的土壤中交错，而空中的叶子无知无觉。我们会在阅读中明白，这密切与浑然不觉之间的对照，才是命运的诗意之处。

这场旅行之前，已经很久没有阅读长篇。我给自己放了长假。每天翻译几百字，最多不过一千。译的是上次在伦敦休假时发现的书，虽然有些年头了，但万能的编辑还是顺利解决了版权的事。

每天晚起并午睡，没有阅读什么长篇，除了重读《斯通纳》《心》和《斜阳》，也没有写什么。回上海工作前，妈妈给我拿鞋子，她说：你的鞋怎么这么沉，走路会不会累？我说：不会的，习惯了。

生活里，都是隐喻。就像我提笔的时候，常觉得所有故事

生活的比喻　|　The Life in Words

都已经写过。所以我们总在陌生人身上，发现自己的秘密。

至于我为什么沉默了这么久，或许是因为比起畅想尚未发生的那些，我更喜欢告诉你已经做到的事。那些还未写完的书确实没什么好说：没有完整的故事可以拿来讨论，所以也并不值得讨论。几个零星的念头，最后很可能像炉火边悦目的火星轻巧地熄灭了。一些不牢靠的形容词与描写，它们大部分只是为搭建框架而临时找来的替代品，最终会被抹上泥灰或者干脆被替换掉。

甚至提笔时的迫切，那种赌徒刚在赌桌前站定时跃跃欲试的冲动，那种步入藏宝室时面对无数可能的愉悦，最终会被或许将输得一败涂地的焦虑和在无边黑暗中摸索的恐惧替代。

我其实是个迷信的人，在理性深处有不讲理的奇怪逻辑，害怕谈论太多会失去谈论的事物，像提前用尽了我们之间的关联。这大概也是为什么，幸福的人总是很沉默。他们更常微笑，就像那些善于保守秘密的人。

院中桂花开了，每一次呼吸都像一场盛事。午后的骤雨，穿过书房和走道的风里泥土的气息，墨绿色香樟树在银灰色天空下摇摆的样子，雨落在池塘里激起涟漪的声音。窗外有条河，深夜河水的味道，冷的，青墨色的，有水草的腥。

生活无非是自爱，然后爱人。懂得了这个道理，就掌握了很多事情的关键。故事也因此成立。

我握着这把钥匙慢慢向一个新的故事走去，像沿着沙滩走进深海，衣衫湿透，海水的冷意正将我包围。我觉得幸福。

我们总在陌生人身上，发现自己的秘密。

我多么羡慕你

"一年之计在于春。"不细究这句话的意思，光读这平仄
已让人心觉希望。

在春天，我们该计划些什么？关于将来，每个人都有各自
的不确定，以及不同的应对方式。在疑惑之中，我把大部
分时间花在阅读和翻译上。生活提出的问题，需要写一本
书作答。一本书提出的疑问，需要另一本书解答。在读与
写之中，我们疑惑又清醒地活着。房间里静得能听见手腕
上手表的机芯运转的声响，嘀嘀嘀，凑近了，是带一点点
空的急促的声响。

距离我完成上一本散文集正好过去一年时间，是时候从漫游状态回到工作中了。我们书写，是因为活着不仅仅是存在，还因为只活一次是远远不够的，必须在他人的故事里活很多次，大笑很多次，心碎很多次。所以，我们一次次重新开始。

立春前我赶进度翻译完了 2017 年的第一本书。关于一个美丽的人和他生命里最后的灿烂与孤独，关于在难以克服的疾病面前，人的尊严。书里讲这个小时候害怕蒲公英的男孩子，曾坐在摩托车后座上去看粉色的花。他还曾有一位美丽的邻居，喜欢戴一串未经切割的钻石穿成的项链。他的姐姐穿着婚纱像磷火一样飘过荒芜的花园。他旖旎人生最后的归宿，是一座石头的花园，那座花园里也有非常短暂的春天，以及酷热的盛夏和吹着狂风的严冬。

然后我学着像一个潇洒的阅读者，把他们全都留在那本书里，义无反顾走向编辑推荐的一本新书。在这本书里，激情洋溢的作者觉得一个写作者用三个词已足够形容悲伤：sharp、dark、alone（敏捷、黑暗、孤独）。这三个词确实已经足够。但抵达这三个词的漫长曲折路程，需要写作者一个字一个字带着读者走完。让人物丰满可信，让故事成立。用空气中飘浮的微尘构筑一座城池。

我总是想从写作者回到阅读者的身份，因为读者想在一个故事中停留多久都可以。作者走了很多路终于抵达，却又必须迅速离开，再次起程。没有人在乎他们的心事。我也羡慕阅读的人，洒脱地从一个故事走向另一个故事，满心期待。但写作者跋山涉水而来，一砖一瓦建造，所以总是恋恋不舍，总是不停顾盼。

过往需要鼓励的时候我总是重读里尔克《给青年诗人的信》，薄薄的一本，写下了许多中肯、精确、富于洞察力的句子。比如：

向外看，是你现在最不应该做的事……请你走向内心。探索那叫你写的缘由，考察它的根是不是盘在你心的深处。

在阅读中自由

十年前，我决定在上海定居。空空如也的新家里，拥有的
第一件家具是一个白色书架。那些等待家具送来的晚上，
我从书架上取下一本书，随意选一个房间打地铺。后来，
我在世界上的很多角落重读这些书，会隐约想起那些夜晚，
带着若有若无、近乎乡愁的情绪。

福楼拜说："语言只像走江湖卖艺人耍猴戏时敲打的破锣，
哪能妄想感动天上的星辰呢？"写作者的挣扎与失落确实
如此艰辛，作为读者的我却以更轻松的方式见证着那些感

动星辰的力量。那是在大量阅读后独自思考的时刻，书中那些美好的、超越我理解范围的想法，它们最初彼此碰撞时产生的微小火花，有一天会突然像爆炸开的星云般再次出现在我脑海。作者，一个我并不曾谋面的人，或许也不属于同一个时代的人，把这个危险又美妙的想法放进了我的脑袋，在我准备好之后，引爆它。

相比想要点亮星辰的写作者们，作为读者的我们，更像是追逐光亮的飞蛾，生活中遇到的所有微光都让我们想起书中见过的耀目光华，它们是写作者以自己的才华向我们展示的另一个世界的光辉。

要等我自己开始写作，才渐渐明白所有给人带来愉悦享受的艺术创作，包括写作，背后都是辛劳。没有顺手拈来的技巧，不过是举重若轻罢了。我们花很多时间下苦功夫去

145

学会看起来轻巧的创作风格，让人获得片刻安慰或思考，得以在庸常生活中获得放松和喘息。

是上海这个城市将写作这个意念放进了我的头脑，它日常、便利、亲切，这里有简单的生活节奏、模糊的季节转变、平铺直叙的生活，写作似乎成了再自然不过的事：纸笔都备好了，你也在桌边坐下了，就让字落在纸上吧。

我给自己找了一份安稳的工作，业余用半年的时间，把伦敦留学时随手写下的片段整理成一本小说。然后又用一个星期的时间将过往的游记整理成一本随笔。然后我开始翻译。

翻译是最深入仔细的阅读。

2008 年，我把那本在旧书摊上偶然买到的 *West With the*

Night 反复翻阅之后，决定将它翻译成中文。在创造单人驾驶小型机飞越大西洋的历史纪录之前，这本书的作者柏瑞尔曾是非洲大陆唯一的女飞行员和冠军赛马培训师。她以自己的一生证明了在这个广阔的世界上，向往自由的灵魂可以走多远，看似渺小的人类又可以迸发多少勇气。我把这本书推荐给在上海认识的唯一的编辑，他问起想要翻译这本书的原因时，我只回答：它很好看，值得翻译。

初版问世七年之后，编辑决定为《夜航西飞》做一次全面的校订，准备再版。像当年翻译时我会在旅行途中随身带着原版的 *West With the Night* 一样，为新版再次修订的过程中，我一直随身携带第二版的《夜航西飞》。2015年至2016年的跨年长途飞行，我从睡梦中醒来，飞机正飞越伊斯法罕灰绿色的群山。

这七年中发生了很多事情，我的书架从一个变成三个，然后是五个。很多梦想在实现之后再看，也不过是一时一地的目标而已。这一城一池的得失，像柏瑞尔从肯尼亚飞往英国途中怎么也找不到的那第四个伊利亚城堡，不太经得起推敲，但也的确是我们生命轨迹的一部分。曾经读过的书如果再次翻阅，会从同样的字句中体会到别样的意味。那是我们在年复一年的日常生活之中，经由不懈的追求而眺望到的一条更为广阔的地平线。

2011年，上海这座城市开始像穿旧的外套让我觉得舒适。那年决定挑战自己不熟悉的作品，翻译《一切破碎，一切成灰》。在这本被《时代》周刊评为"年度十大好书"的短篇集中，生活在纽约的年轻作家威尔斯·陶尔用九个戛然而止的故事写出了这个看似热闹又仿佛荒芜的世界上，人与人之间的无限隔阂。当最初对爱的乞求得不到回应，我们开始将自己受到的伤害再加诸他人，因此产生了一出出有意或无意的愚蠢的悲剧。

这些精悍的短篇让我明白，创作一个全新的世界是写作者
的责任，领会这种自由并从寻常生活中摆脱，则是读者的
责任。读者也需要同样的想象力，去思考去体会。同一段
文字同一个故事在不同人心中指明千万种不同的道路才是
文字真正的魅力所在。没有被误解的书，只有没被读懂的
书。就像在不同的人生阶段我们对同一件事会有着截然不
同的态度与处理方式，我们可以在同一本书里看见截然不
同的内容，它们像水晶不同的切面被不同的时光照亮。

2013 年，我终于从翁达杰的读者成为他的译者。翻译是
从上海独有的阴冷寒冬开始的。翻译的过程中，我像阅读
一个新作家一样从全新的角度去看他的作品。看他怎样将
对故国的深情，凝聚在这主动回首的直视里：用一本书为

这个国家与它的人民发声。记录下即便战争这样不人道的灾难依旧无法摧毁的美好和坚忍。我第一次读到翁达杰的作品时才十五岁。等我翻译他最重要的作品时，已经三十岁了，我和他并肩走过斯里兰卡内战的修罗场，经历了我这些年阅读生涯中最艰难也最难忘的成长。

2016年春天，《安尼尔的鬼魂》中文版正式出版，同年底历经波折终于付印的布面精装版《夜航西飞》出现在我上海住处的书架上，旁边是我新近出版的散文集《把你交给时间》。觉得一场漫长艰辛的旅行真正告一段落。

"那你为什么要翻译呢？"曾接受过一个以译者为采访对象的访问，编辑将那个选题命名为"持灯的使者"。在回答这个问题时，我突然明白了"持灯"的含义：每个写作、翻译的人都不过一时照亮，但因为无数人的阅读，这点微弱光亮会一直延续下去。

翻译翁达杰的那年，我辞去了工作。原本准备什么都不做过一年随波逐流的生活。结果发现生活原来这么忙碌，过去因为工作而忽略或放弃的事情，要做好它们也很花时间：比如几个星期的长途旅行，比如种花，甚至喝茶。我觉得我们在忙碌之中会变得盲目，忽略了生活中的美好细节，最后就像缺乏养护的机器被快速损耗。我们抱怨生活无趣，很可能是因为我们没有爱过、经营过自己的生活。我把这一年的生活都写在了新的散文集中，这本书的版税让我开始了更远更长久的旅行。

随后的两年，上海的家长时间空置，阳台上的植物生生死死。我在旅途中写作。每个人都有自己获得灵感的方式，我需要这些远方的城市，也需要上海给我的熟悉感。符合内心期待的那些，成为安全感，那是我们得以立足的基石。不如预期的那些，让我们失望，但或许它们就是生活的本来面目。而超过预期的，那些美好的事物，就是灵感，值得你记录与书写。

探索外在世界是一个验证内心的过程，越走越远，不如说越走越深。人会因阅历而更了解这个世界，并了解自己在这个世界的位置，与他人的关系。到一定年纪或者说足够强大的时候，你会停止寻找的姿态，无论是寻找同路人、聆听者，还是依靠。你停止对外在世界的期待，你开始全力以赴应对自己，充实自己，完善自己，你等世界来到你面前。

除了距离，孤独也是我的灵感来源。我在 Kindle 里购买的第三个作者是太宰治，因为他说：想着去死来着，可今年正月从别人那儿拿到一套和服。算是压岁钱吧。麻质。鼠灰色细条纹花色。是适合夏天的和服。所以还是先活到夏天吧。太宰治也曾说：幸福感这种东西，会沉在悲哀的河底，隐隐发光，仿佛金沙。第一本书则是《斯通纳》，另一个于孤独中走过一生的人的故事，但是他在弥留之际，觉得幸福。

万物是内心投射。内心丰盛的人，不会看见一个荒凉的世界。一个人要过得快乐，懂得体会孤独、不惧怕寂寞，唯一的解决办法是拥有精彩的精神世界，勤于思考。如果你能在日渐纷杂的世俗世界里拥有自己的原则与追求，而不仅仅人云亦云，满足于速食的生活方式，你就能打开一扇门，通往一个更宽广的世界。

以前总有人问我旅行的意义，现在常有朋友在读书会上问

153

我阅读的意义。我也时常问自己一本书可以改变什么。一本书带来的问题，或许需要阅读另一本书来解决。生活能教会我们的，是否也一早在书里写过？

如今的我们，容易孤独，所以也很脆弱，这脆弱需要很多爱来支撑。我们与人交流，仰慕他人，建立关联，社会的认同使你感觉完整。于是在各种媒体平台、虚拟沟通渠道里，很多人把自己撕成了碎片，将破碎的宣泄当作表达，说太多做太多，近乎绝望地等他人路过捡拾这些片段，留下评论或点一个虚妄的赞。但真正的表达，真正的思考、关怀与传递，从来都是一个完整的独立个体才能完成的事。自我在自身，不在他人。期冀救赎者，请先自救。就像"完整"并不代表封闭，而是换一个更宽广的视角，是很多你原以为不可能的另一种可能。这一切，阅读能够帮助你达成。

我们并不那么孤独，书里书外，多的是同路人。

当我为生活所困，反而更深切地感受到阅读最大的魅力：自由。创作的自由不仅仅属于写作者，也属于读者。阅读没有标准答案：理解一本书的方式同样也是自由的。阅读甚至不是为了解答，阅读不是功利的事情，但又能为太多事找到答案。阅读因为这自由而美好，写作者们则因给这份自由提供了土壤而伟大。那些在自己一砖一瓦建造起来的城堡中跳舞的作者，是他们那个宇宙的上帝。那些迷人的作家，未必有炉火纯青的技巧，但他们将万物被观看到的另一种方式展现在你面前，展现了生命的无数可能，以及人类思想的美妙。

很多时候，我希望自己的心能更广大宽阔，突破时间与空间的束缚，装下所有读过的好故事。有时候我想蜷起身体，蜷得很小很小，藏身于书架的角落。像被宙斯缝进大腿的狄俄尼索斯，出生了两次。我曾在大英博物馆的杜维恩展厅，久久停留在那尊破损的狄俄尼索斯雕像前。后来我欣喜地明白，选择读怎样的书某种程度上来说确实是我们自己选择的重生方式。

因为有书，因为阅读，因为思考，我真正理解了佩索阿的这句话：我的心略大于整个宇宙。

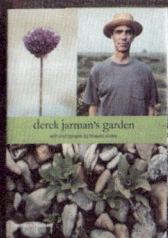

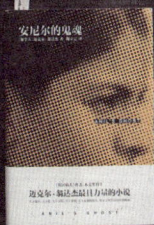

我们并不那么孤独，书里书外，多的是同路人。

Chapter 3

如何说再见

如何说再见

你的生活是否也像我的一样，太多离别，太少相逢。

当车在那个多雾的灰色清晨驶进希思罗 Terminal 3（第三航站楼）的时候，路边的树叶子黄得像着了火。我一个人坐在维珍航空的 upper class lounge（贵宾休息室）看美国大选的新闻。这场大选的新闻我在芝加哥机场看过，在科罗拉多州看过，在加利福尼亚州看过，在威尔士看过，也在上海看过，彼时身边是不同的朋友。现在终于大结局。

因为不想吃飞机餐，决定在起飞前好好吃顿午饭。从菜单

生活的比喻　｜　The Life in Words

上选了芥末酱炸鸡、包子与黄油贻贝。发现黄油贻贝用的是和我家厨房里一样的搪瓷碗。在无人陪伴的机场，感到一点小小的安慰。

窗外的停机坪上，是我要搭乘的航班。我有些希望，这是今年的最后一次长途旅行。

空乘在发放睡衣时问：

Do you need an immigration card, Ma'am?

"女士，你需要入境卡吗？"

I'm fine. I am going home.

"不用，我要回家了。"

So welcome home.

"那么，欢迎你回家。"

她点点头，微笑着离开了。

Welcome home.

从远方归来，自传送带上取过行李坐上出租车向司机说出住址的你，和旅行前的那个自己，会有什么不同呢？或者也可以这样问：出发时已手握回程票的你，是否真正离开过呢？这是我收拾行李箱时常常会想要问的问题，只是答案屡屡悬而未决。

或许唯一改变了的只有不断流逝的时间吧。

我在抹香鲸晃动尾巴打破北冰洋寂静的那个午后，喝着滚烫的热茶，想起海豚成群跃出印度洋海面的那个炎热的清晨。Yasur 火山（伊苏尔火山）在南十字星空下剧烈喷发的那个夜晚，我捡到一块小小的黑色火山岩和一块白色珊瑚，两年后，它会和我从冰岛 Hverir（硫黄山）捡到的粉紫色火山岩与灰白色石英相聚于我凌乱的书架。它们之间曾隔着一整个太平洋和大西洋。

东京街头的灯亮起来了，马塞马拉草原上的月亮又是何时落下的呢？只留下叶尖树梢的露水和微温的篝火余烬给我。将我困在 Mykines（米基内斯）岛上的风浪，有一天会抵达拉穆群岛吗？伊斯法罕抹茶色的山丘啊，和佛罗伦萨那间卧室天花板上的壁画颜色那么协调，仿佛两块分离太久的拼图，放弃了期望却依旧在时间里静默等待。

我从伦敦 Liberty 百货商店的货架上找到一只完美的鹦鹉螺时，会想起库克群岛的那个名叫鹦鹉螺的酒店，却记不起那是间隔多久的旅行。只记得那些名字如咒语一样的岛屿散落在无尽的汪洋之中，少女肩胛骨一般的山脉站在粉红色的日出里。

我漫无目的地飞了一程又一程，开车经过陌生城市的夜晚，电台的歌曲与市声应和，窗外的霓虹尽头有稀疏的星。我在这样的喧嚣与繁华里想起千年之前欧洲修道士的寂静生活。每天深夜两点走过漆黑的石梯前往教堂正厅，在黑暗中祷告直到晨曦亮起。他们发静默誓，不与人言，夜以继日在书写室内誊写书籍，印刷术普及前的时代，知识就以这样的方式流传。

因为"时间"这个概念，我们可能永远都无法相遇。正因为"时间"，我们不断与过去的自己相见，看见自己曾经的稚气天真，映照此刻的成长与疲惫。

因为时间，也在了解并妥善照看我们的灵魂之后，能更好地看清肉身：它的缺乏与渴求，它因何困顿，它又如何回归平静。

时间带来的伤痕，时间将其抹平。在无法停歇的旅途之中，我们将得以痊愈。

166

I can' t remember things I once read,

读过的句子已不复记忆，

A few friends，but they are in cities.

好友寥寥，但远在城市。

Drinking cold snow-water from a tin cup,

自铁皮杯畅饮冰冷雪水，

Looking down for miles,

目光穿越静谧空气，

Through high still air.

一眼数里。

—— Gary Snyder（加里·斯奈德）

知名不具

这条意志薄弱时自异国他乡发来的短信，说的是无数人的心事。一个人努力这么久，漂泊这么久，看过了那么多灯影繁华，只有自己知道，你手里引以为傲的自由，值得几许代价。

陶子，你应该已经睡了吧。

我在法兰克福机场转机，英国来的航班因大雾晚点。我到的时候，当晚已经没有一架飞机飞往亚洲。机场的工作人员机器人一样地说："先生，我们会给你安排旅馆，请出示护照。"

反正哪里也去不了，就在机场的酒店睡了二十个小时。睡得好熟，醒来的时候真的不知道自己在哪里，想了很久。那一瞬间我觉得自由根本不值一提，我特别希望自己能娶到一个温和又开朗的女人，好好照顾她，然后一起生养几个古灵精怪的孩子，以后的时间只管努力满足他们创意百出的要求，引导他们走快乐的路。

机场，果然是容易叫人产生奇怪想法的场合啊。你以前说每次在机场转机，就会想吃牛奶糖，但平时最讨厌甜食。等出了机场，我现在这些想法也许会显得十分荒唐可笑，但现在，我真的觉得它们非常真实。

这个时候的我，会不会是我真正想要成为的那个人呢？

还有，你说得对，法兰克福机场航站楼之间的走道，真的太长了。

"给我写信。"有一年告别时他这样要求。好像是预见了长长来路，我有一天终会需要告解。天明在书房整理旧书时想起他的这句话，连同他偶尔的问候，感觉像在生死未明的时刻，有人伸手探一探我的鼻息。

但承诺是用来打破的。"说到就要做到，未免太辛苦了吧。"我狡辩道。"确实，如果说到就能做到，生活未免太轻易饶过我们了。"他这样答。所以从此疏于联络。

这个季节，我几乎把稿费都花在了买牡丹和芍药上，每次

172

路过花店就买一大捧，花瓶都不够用了。牡丹花期很短，我尤其喜欢淡粉色近乎白的那种，满开的时候在绿叶之上有玉石般润泽的光亮，但又十分柔软轻盈，像欧阳修说的那样：薄翅腻烟光。也喜欢芍药的香味，馥郁甜美却有微凉的苦味做底。

他在网络上看见我拍的照片，说："怎么会有这样醉生梦死的花。"之前的茶花，会在全开后整朵掉落。人活得这样犹豫累赘，确实只配在这样的美色与杀伐决断前垂首称臣。

我总是对自己的平庸感到挫败，提笔忘言。怀疑自己走错了路，后来学会安慰说对生活满腔热忱也是种天赋。这么讲的话，把琐碎的事详细记录，并且不从中寻找意义，也是伟大的事？就像他总是迁徙总是无定所，却挂着"成功"

二字做胸牌，至今仍可以说服自己继续走下去。

我渐渐安定下来了，能在一个城市感受季节的变化。此刻空气里都是芍药和西瓜的味道，浓郁湿润。我苦苦寻找的故事脉络在暮色向晚时分豁然开朗。一动不动站在书架的暗影里，生怕这闪着金色光芒的念头会逃离我的脑海遁入不见底的虚无，像那头月夜奔跑在林中的鹿。近来我时常有这种感觉，不知道脚下这条路的边上是悬崖还是高墙。只能耐心等一等，等眩晕过去。等象征与含义消散。时间切割，剥离，你再次孑然一身。

写不下去的时候我也不再那么焦急，专心忙着整理衣橱杂物，把过往的旧衣物扔掉时发现很多还留着标牌。仿佛当初买这些衣服的人和此刻扔衣服的我，不是一个人。书送走了一部分，有些挑来挑去舍不得还是留下，只能再添置书架。有一天，家里会都是书，衣柜里只有三两套替换的四季衣裳。那时候我大概有更多话可以和他讲。

他其实看书比我多，曾经将电子阅读器的发明当成福音。但是他话比我少，偶尔感慨时曾说："我不希望你了解我的世界，那里太不美好了。"我没好奇心，但爱吐槽的心总是改不掉，答："是啊是啊，结庐在人境，永结无情游。"

然后夏天突然来了，大雨狂风。打扫房间时捡起过去在无人居住的小岛上捡的贝壳，惊讶地发现至今依然会掉出白色细沙，是一只倒不回去的沙漏。花在近乎静止的时间里速速盛放，我假装不在意地等待花瓣掉落那一瞬，想验证那声响是不是真如同泪水砸在手背。

很想告诉他，真的有点一样。

———
———

人活得这样犹豫累赘，确实只配在这样的美色与杀伐决断前垂首称臣。

你许的愿

一年收尾，惯例是埋头把杂志约稿都完成，然后和朋友们见面，把这一整年欠下的聚会都弥补。

经常飞来飞去，如果说这些旅行给我带来什么改变，那就是培养出一个很有用的特长：失眠不药而愈，总在飞机起飞前睡得天昏地暗，醒来时一般空乘都在派发午餐。那次飞北京的东航，依旧是不变的经典搭配：

海鲜面、牛肉饭。
鸡肉饭、牛肉面。

维珍航空的高级商务舱则有热汤或风干牛肉的头盘、海鲜意面或烤三文鱼的正餐，餐后甜点可选巧克力慕斯蛋糕、提拉米苏或芝士拼盘送酒。阿联酋航空商务舱的海鲜粥也不错。我之所以记得这么清楚，是因为菜单是我最爱的机舱读物。

有时也会看电影。这个航班来不及看完的，下一次飞行时继续看下去，平时并不会再找来补完。天上的归天上，地上的归地上。这样我们能更从容利落地活着。

有一次德国飞上海的航班，起飞前起落架出故障，下午的航班一直拖到晚上。把"请勿打扰"的标志贴到椅背上之后我就睡着了。等醒来飞机已经进入亚洲境内，空乘端了一摞餐盘过来说："女士，你一直没有用餐，我给你留了一些，你要哪个口味？"

这次我要了一杯热水，然后开始看电影《海街日记》，因为睡着错过了空乘发耳机，只能看无声字幕版。我喜欢是枝裕和，他的故事里没有坏人。即使连音效都没有，也依旧能通过镜头感觉到导演赋予这个平静故事的节奏。看到大约二十分钟的时候，播放器突然卡住不动了。我一动不动地看着一动不动的屏幕。过了一会儿，坐我旁边的中年大叔伸手过来按下屏幕上的停止播放键，等影片退出后又利落地选择了继续播放，电影从中止的部分重新开始。

大叔左手无名指上戴着簇新的婚戒。也不知道为什么，就是总记得这个细节。它在我脑海里像鱼钩一样忽上忽下地跳跃，等待一个故事上钩。

我总幼稚地把"是枝裕和"这个名字写成"使之愈合"。

有人曾在见面会的提问环节对我说：你这样的生活算是种逃避吗，你找到了寄托吗？当时我只答：对，是的，我很爱逃避。其实我甚至不想寻找慰藉，我只是在逃。但如果逃避就是我的慰藉与安全感呢？

很难说清楚是我们受过的伤害、未竟之志的遗憾、不能明说的苦痛，还是我们取得的成绩、达成的梦想和肆意张扬的喜悦，定义了现在的我们。但生活教会我，不应该因为自己遭遇的失败而感到羞耻，却总应记得在成功面前保持谨慎。

我们曾热衷谈论目的地：我要去哪里，我去过了哪里。后来我们又迷恋过程，觉得抵达并不重要，更迷人的是沿途风景。后来我们什么都不想谈论，只想扣上安全带、收起小桌板，离开。

那年的最后一场旅行我选择去首尔过圣诞节。惊讶地发现这座城市有那么温柔又清澈的光线。

陌生的楼宇、空旷的街道，有很多铁桥的汉江在车窗外，列车哐哐哐驶过。司机一句英文都不会说，只是点头。路标都是看不懂的文字。在这个终于让我有"异乡"感的国度，回望过去这一年的经历，感觉"温柔"这个词被低估了。它是高贵的朴素，是看透依旧不说破的宽容。是喧嚣与冲动面前，默然不语的坚定。

深夜回酒店的路上，看见天上有一弯月牙。想起出处不明的诗：少年不识秦淮月，乌衣巷边照雪白。

后来才知道，这句诗并不存在。那只是我如这座城市的夜色一般迷蒙的想象，以及成年人外表下一点点依旧柔软的少年心肠。

生活的比喻 ｜ The Life in Words

又是一年。

喜欢新年，一个原因是可以许愿，不过许愿之前，或许应该先和自己谈谈。我们向往的，是我们可以承担的吗？我看见的失败，多数并不是被他们的敌人而是被自身盲目的欲望打败。我最担忧的事，也是这样的迷失。所以总是十分谨慎地选择自己的愿望，并努力克服胜负与比较之心。

这大概也是为什么很多人都在鼓励你奋进，而我一直在劝你：放弃也很好。"你要靠放弃来获得。"因为我深知，内心的欲望多过内心的力量，是危险的。

不给无关痛痒的建议，不发漫无目的的牢骚。像野外求生课上的老师说的那样：认真观察后做正确的决定，把帐篷搭在坚固的地方，收集干燥的苔藓与地衣，确保火石的每一次敲击都能打出火花。

我的新年愿望是希望能懂得珍惜，在品尝失去的苦味之前，就先学会珍惜。如此，即使最终依旧不能继续拥有，也少些遗憾。

希望这一生你能开心地过，偶尔有些小小的心事。要记得：我们的头脑是冷的，心是热的，就没有什么好怕。

真心话

因为放假，城市空荡起来，大雨让这空荡虚无得像是可以吞噬高楼大厦。每到假期，这城市看起来都像个困局。喜乐悲伤是可以被预见的，几乎带着计算过的精确。人们会像候鸟来去，也是一早安排好的。总是叫外卖的餐厅放假了，只能去超市买一个饭团充饥。微波炉中热一分钟，叮一声，再来瓶乌龙茶，像回到以前还上班的时候。

对烹饪并无爱好，也一直没有学烘焙，或许是觉得不了解的事物才能保持神秘感，或许只是懒惰。雷克雅未克往伦敦的航班，夕阳把机舱染成金红色的幻境，乘客吃着空乘提供的小食餐包，我拿出早上蒸的馒头吃了起来。

读过一点弗洛伊德的我觉得，我对面包的抗拒更深层的原因是小时候吃过太多方便储存与携带的面包当早餐，长大后只想吃清粥小菜。

看起来平淡无奇的"清粥小菜"四个字，一点都不简单。熬清粥要时间讲火候，考究的酱菜也有各种花样和口味。两者加起来，就是清早在厨房度过的悠闲的几个小时。这是抓着早点赶公交车赶地铁的人，很向往的奢侈。

很快我连面包都没的吃，因为寄宿学校的宿舍没有冰箱没有厨房，不喜欢去食堂的话只能吃饼干。很快我学会了逃课和作弊，对规则不屑一顾。毕竟，过得这么苦，不任性怎么活呢?

不过有一种面包是例外。前阵子在不常去的面包房还偶遇了小时候唯一喜欢过的这款"海螺面包",现在叫"螺丝面包"。有近三十年没吃过这面包,居然有点想再尝尝。那时候最在意的是中间那坨香甜奶油并不真正填满海螺中间的空隙,吃到最后只有无味的面包。现在,因为体重问题几乎想把奶油挖出来扔掉。

既然面包都买了,那后来留学时常吃的饼干也干脆一起买全吧。配上豆奶完成怀旧的一餐。

也看了很多茨威格的我很小就知道,"所有命运赠送的礼物,早已在暗中标好了价格",当命运在某个十字路口问我要什么的时候,我拿出吃了很多面包和饼干才拿到的学

历文凭，毫不犹豫地说：自由。命运想一想回答道：这礼
物太贵重了，我送不起，你自己去赚吧。

那个不谙世事的我，兴高采烈地出发了，找到心仪的工作，
到处旅行。对这个世界，怀着因为幼稚生出的爱意。忘记
自己还读过陶渊明，他说：误入尘网中，一去三十年。每
当在异国的机场，等着海关人员从层层叠叠的旧签证页中
翻找有效的那一页，我才能偷偷计算一下自我治愈这个过
程的艰难与诗意。自己给自己缝补伤口，将无法清除的残
留物当成纪念品保留。每一天，真心话都是大冒险。

如今，差不多三十年没吃海螺面包了，吃着改良过的海螺
面包，回望当年那个把谎言当鼓励的自己，觉得蛮有趣。
我想问问她，既然"所有命运赠送的礼物，早已在暗中标
好了价格"，你什么都不拿，是不是就没事?

189

雨天里的一颗心

在这一生里，在这个世界上，

你会遇到无数场雨，

并与不计其数的人相逢。

但，

从来不是同一场雨，

也从来不会是，同一颗心。

生命中一切残缺都能用爱解决

2016 年的四月，我大部分时间在散落伦敦各地的花园中游荡，那是依旧需穿厚大衣且多冷雨的时节，但各色鲜花已开始盛放，尤其是黄水仙与山茶，气势如烈火般要将冬天的残迹烧得一干二净。还特意去拜访济慈带花园的故居，花园本身并不算特别，只是一直有传闻说《夜莺颂》就是济慈在花园中那株杏树下完成的。

济慈短短二十五年的一生充满困顿、厄运和离别，在这座名为温特沃斯府的米白色房子里居住的十八个月是他人生中至为难得的平静时光，也是在这里，济慈遇到了一生所爱芬妮。

两人订婚后不久，济慈病逝于罗马。死讯在一个月后辗转抵达英国，芬妮为济慈穿了六年丧服。分离的时光中两人有无数书信往来，芬妮写的那些全都未能留存，但济慈给芬妮的书信和字条都被妥善保管，其中最著名的是十四行诗《明亮的星》。其中一封信中这样写：Love is my religion—I could die for that—I could die for you。

"爱是我的信仰，我可以为爱赴死，我可以为你赴死。"

坐在雨后的花园角落，我在回忆里寻找零星背诵过的济慈诗句，仿佛他依旧在不远处的杏树下给芬妮写字条，然后把它偷偷夹在芬妮晚些会来向他借的书中。

爱是星光，没有在水上留下痕迹，却成为无数人仰望的恒久的信仰。就像写作的神秘之处，在于它来自写作者极度的痛苦，不愿回头的记忆，在夜深人静时分将伤口切开，却带给阅读的人共鸣与慰藉。

距离我完成人生中第一本书的初稿已经正好十年，因为太多感受如此切肤，这十年里我对它有刻意的回避，决定再版是我学会了和它重新相处的方式，也是我将伤口重新检视的方式。带着修订过的新稿再次拜访伦敦，当年故事开始的地方，就是想看看在彼此的沉默与假装疏离之间会有什么发现。

我发现，十年时光过去，再深的伤口也结痂了。情到深处，往往无话可说。只有一种酸涩从心到胃，久久不散。从此一颗心就悬在了身外，从此你不问得失，但求无愧。如今

生活的比喻 ｜ The Life in Words

你把心重新缝进自己的胸腔，假装与往事和平共处。只是你常常会下意识地摸一摸胸口，像是不确定它是否依旧跳动。

果戈里说，每个故事的最后一句都应该这样写："从此一切都将改变。"生活中未曾有任何事只在一处开始，也未曾有任何事会真正结束。爱是千头万绪的因果，爱是千丝万缕的纠缠，它像透明的线织进我们生命中。

但故事起码要在一本书里假装结束。当你想起那个曾让你感到锥心之痛的名字时觉得平静，当你听到这个曾经重若千斤的名字觉得释然，像遥看隔岸风景，故事就算是告一段落。

这十年我到处旅行，开始将爱情比喻成遇见。你是怎样的人，选择朝什么方向出发，走过怎样的旅程，都决定了你会遇见怎样的爱情。

我曾以为爱是天意，是你的自然永远会是你的。后来明白，爱像植物，或许在你未能预料之际生根发芽让你惊喜，但之后需要灌溉养护，才能枝繁叶茂。"若得其情，则哀矜而勿喜"，这句话在现代的释义或许已与这话的本义有所出入，但依旧值得我们思考。爱情是一段漫长的旅程，一路上彼此以心托付，所以当它到来，慎而重之。

如果云知道

注重时令的朋友说，立秋后西瓜就不宜多吃。这话提醒我，今年还没吃过几次西瓜。所以在立秋后，常常买了西瓜坐在阳台上认真地吃。

午后窗外有云飘过，我看着它随半空中看不见的风势改变着形状，缓缓飘过树影。有趣的是，云的边缘和树的轮廓正巧契合，所以那朵云掠过树影的刹那，就如同一块拼图短暂归位。

"云出无心，月明有意。"这片云就如同我在书里常常想

问又没有明言的那个问题。这世间有确定的事吗，或者都
是巧合？

著名的"谷山－志村猜想"是证明费马大定理最关键的桥
梁，但最初提出这个猜想的谷山丰在度过三十一岁生日不
到一星期后，以自杀的方式结束了自己的生命。他的研究
搭档与好友志村五郎在说起谷山丰的自杀时曾说：I was
much puzzled， puzzlement might be the best word. I
was unable to make sense out of this（我很困惑，困惑
或许是最恰当的词。我无法理解这事）。

与这困惑相对的，是数学世界里答案的确定与唯一：In
mathematics there is the concept of proving something,
of knowing it with absolute certainty， which is called a
rigorous proof（在数学中存在证明这个概念，对其绝对
确切地知晓，这被称为严格证明，即铁证）。

虽然已学会把越来越多的疑问藏在心里，但在内心深处我依旧认为"说中即可解脱"。或许，唯有说中，才是解脱。但世上有几个人获得过他们寻找的那个绝对正确的答案呢？导演伯格曼在自传《魔灯》中写，因精神分裂住院治疗的一天下午，曾"很友好地问主治医生，在他的一生中是否治愈过精神病人。他严肃地想了想，然后回答说：'治愈这个词好像太大了。'然后他摇摇头，充满鼓励地笑了笑"。

这朵云，大概就是某个神明给我的一个鼓励的微笑吧。人生里确实有说中的时刻，在这流云般易逝的世上。如果"治愈"这个词太大了，那么"盼望"与"等待"呢？那么"平静"呢？

还有，"我会永远挂念你"，又当如何呢？

秋天是真的到了，在后院果实重得压断枝条的柿子树上摘了几个柿子做摆设。去年朋友说要送我一个柿子形状的铁镇纸，讨"事事如意"的好口彩。可惜大家都忙，几次见面都耽搁，柿子镇纸至今没有收到。现在看到这小巧坚硬的青柿子，想起这件事。干脆，就把青柿子拿来做镇纸好了。

收到新鲜出炉的月饼，每年朋友都用这样甜的方式提醒，又一个季节结束，又一个季节开始。时间有时是苦口良药，有时是浓郁的蛋黄月饼。

最近读谷川俊太郎的《一个人生活》，这本书里诗人回顾了一生中的事。人生一言难尽，所以这本书也很难用三言两语概括。有点像秋天给我的感觉，那么美好的阳光里，什么都坦诚相告。我喜欢这些个人风格明显的文字，它们是写作者看待这个世界并塑造这个世界的方式，也是阅读

203

它们的人们理解这个世界的方式。在读与写的过程中，文字作为媒介帮助人们完成他们独一无二的作品：生活。

此刻算是收获的季节，但灿烂的夏天过去了，严寒的冬天将要到来，无忧无虑的春天，已是很遥远的事，无论在过去还是在将来。不过我们既然能寄生在时间里，就该好好感受这趟旅程，尚未看透风景之时不发表太多感慨为好。

我曾写过"无名的野花"这一行诗，结果被朋友骂说所有的花都有名字。

取名字这个行为，表达了爱、关心和敬意，而且名字和实体有着很难切割的关系，这确实表现出语言本质的一部分，但我还是会认为，当我们对眼前一朵花的精致之美感到赞叹与敬畏时，为它取名这个行为，可以说是对自然的亵渎。

人类借由无止尽的命名发现了自然的秩序，也发现了宇宙的秩序，并进而想要支配它们，但在我们的内心深处，还是隐藏着我们对那些无名的、无法化作语言的事物抱持的敬畏。

——谷川俊太郎《一个人生活》

孤独于我并不陌生

鱼，会孤独吗？

多年前在华欣住过一家蓝色的设计酒店。桌上的玻璃花瓶中养的不是鲜花而是株水草，细看时发现还有一尾小小的热带鱼，孔雀蓝身躯，黑色长尾，腮边有一点若隐若现的胭脂红。它游得无声无息，但那晚我的梦境有水波的褶皱。独自旅行练就的敏锐感觉，让鱼都成了室友般的存在。第二天退房前，我打电话与客房服务确认："会有人照顾那条鱼吗？"一个温柔的声音耐心回复我："会，客人出门时会有人负责换水，客人离开的话，鱼会被带走由专人照顾。"

听完这个回答，我才放心地继续旅行。如今想起来，如果说我在旅途中曾惧怕过孤独，也是在那一刻吧。我很怕，那条鱼会孤独。至于我自己的孤独，早已是件不能丢弃的行李。

多年不见，盛夏的巴黎依旧明亮干燥。去看铁塔的路上，路过一家叫"火车站"的餐厅，大概是见我只身一人，服务生并不介意我没有预约，周到地给我安排一个僻静的座位。

独自用完热汤、前餐和主餐，犹豫要不要来一份甜点，结果在服务生的建议下不仅要了当季的樱桃黑巧克力熔岩蛋糕，还点了大杯咖啡。没有安排，不赶时间，慢悠悠地在

207

美食的陪伴下漫无目的地度过时间，就是一个人旅行的好处。邻桌等主人用餐的狗狗打了个哈欠，像是很赞同我的做法。

"不用急，铁塔会一直等你。"服务生眨一眨眼，肯定地说。我途经的浪漫中，从来都是这样未曾真正许出的誓言最美。

"你独自旅行，不会孤单吗？"这个问题我从来没有找到合适的答案。人生而孤独，为什么这个道理不是所有人都懂？后来我明白，我们之中有些人并不是对孤独故意视而不见，只是因为我们生活在其中，所以无法觉察，就好像在科学家觉察空气的存在、约瑟夫·普里斯特利分离出氧气之前，普罗大众并不知道身边这时刻包围我们的虚空其实并非虚无。你怎么描述空气呢？就像华欣的那尾热带鱼无意向我解释海水，我也没有办法向它解释人的孤独。

同样无法解释的，还有英国人对花园的迷恋，最浅显的解释大概是冷雨与阴霾让他们对花团锦簇的绿地怀有执念。秋天的植物园，夏天的花还未开尽，树梢已开始有秋意。闲适的午后，游览的人们保持着合适的距离，像阳光下慵懒的猫咪安静而专注地隐藏在植物中间。我躲在温室的鹿角蕨下面，仔细背诵蕨类植物的种植须知。这片独享的宁静让灵魂呼吸。

植物园咖啡馆边的纪念品店里，有种子和鲜花出售，我选一束暗红色镶金黄色边的郁金香。是在旅途中，渐渐读懂了伍尔夫笔下那些坚持给自己买花的女人，她们的独立与洒脱，她们懂得认认真真带给自己快乐的人生态度。

向北朝大西洋深处进发，在丹麦中转。街角的咖啡馆，我隔着水晶花瓶中灰紫色的花束偷偷打量身边的女士，北欧

209

人特有的高瘦与俊美，灰色短发，雪白皮肤，蓝眼睛，红嘴唇，艺术家气质的谈吐，独自点一份丰盛的早餐。我起身买单时，她对我微笑："抱歉打扰。我刚才就一直想问，你的裙子真好看，在哪里买的？"

我穿的是路过苏格兰高地时因寒冷而临时买的毛呢百褶裙，她听说那是一条超小号的男款百褶裙时大笑起来。一路走来，此时裙子穿着已经有些热，我趁机向她询问哪里有当季的新装可买。于是在初夏粉红色的哥本哈根，我买到一条肉桂色的新裙子。我穿着它，裹上外套踏上了大西洋航空的航班，前往托尔斯港。

再从法罗群岛搭大西洋航空的飞机到雷克雅未克，空乘发了一颗水果糖。降落时已是午后，取到预订的车，吃一顿简单的晚餐后开始向北出发。目的地是一个我从未听说过的小镇，后来也没试图去记住那个长长的名字。至于为何要去那里，是因为我还从未去过冰岛西北部的峡湾，在地图上看见那曲折如冰裂痕的海岸线，觉得应该去看看。漫无目的但意志决绝，这个过程很像注定会失败的恋情。

七月，厚厚积雪未消，冰泉喧哗汇集成瀑布。雪山的缝隙里窥见纯如神迹的浅淡蓝色，随冷风灌入灵魂。这片土地上不仅日夜，连同季节都有自己的标准。荒僻的山脚与海湾里，偶遇沉睡在午夜微光中的小木屋。下一次再看见人迹起码需要再开半个小时。这是人与人之间合适的距离：如果我有喜乐悲伤，或许会写在纸上，来日相逢郑重地告诉你知道。也可能今生今世都只字不提，毕竟等我走完这一程，它们可能都已不重要。

太阳落入地平线下的那几分钟，停车在悬崖上休息。对岸是北冰洋里的孤岛，白色雪线被金红色的夕阳也是朝霞染

211

成粉色。大衣留在开着暖气的车里了，冷意并不是渐渐渗透而是瞬间降临，冷得使你相信，人是能彻底遗忘的。比如此刻，你已经不记得那个数小时时差之外的欧洲的盛夏，那里花团锦簇，水果迅速腐烂。忘记一个人，忘记生活中受到的苦难，应该也不太难？

北冰洋的观鲸船上，我穿着连体防寒服学会了海钓。来自世界各地的游客在网络上做好预订，驱车前往冰岛北部的小镇，抵达码头后各自领一件蓝色连体防寒服，听安全须知，然后依次登船。观鲸船在风浪中驶过雪山连绵的港口向大西洋进发，船上除了船长，无人说话。他在甲板上讲解海钓的方法，然后分发鱼竿与鱼饵。厚厚的防寒服抹去了所有人的来历，寒风免去了寒暄的必要。不久鳕鱼开始大量上钩，大家内心雀跃，但也没有多余的表情，只是迅速将鱼扔进塑料桶后整理鱼线、调整鱼饵，看准风势再次将饵线投掷入海。北大西洋的风，厚而密，带来暗流、鲸鱼与鳕鱼群，在风声中专心感觉鳕鱼咬钩时鱼竿的抖动，迅速收线需要集中全部注意力。钓鱼仿佛是等待的艺术，但在这里每一次下钩都不会落空，要抵抗的只是严寒。

甲板一侧，担任大副的女孩手起刀落，干脆利落地将大家钓到的鳕鱼开膛破肚，抛向大海的头、尾与内脏半路被成群的贼鸥截走，热闹非凡。观鲸船掉头回港前船长收走鱼竿，大副端出饮料——装在保温杯里的苦涩清咖啡。然后她开始烹饪刚才处理好的鳕鱼块：用锡纸包裹后放入烤箱，不用任何调料，二十分钟后观鲸船靠岸，烤鳕鱼出炉，香味四溢。因为新鲜，鳕鱼尝起来特别美味，大家速速瓜分完毕，随即各自驱车离去。如此互不打扰的同舟共济，距离与陪伴都恰到好处。

我从不觉得诉说是必要的事，这片天地就是最好的证明：人能在这样的气候里生存靠的是体力与毅力。

海钓与沉默，这两样在那么冷的天地之中学会的技能，虽然在回到闹市以后并无用武之地，却总在灵魂的角落里留一点底气。孤独于我并不陌生，从此严寒与风浪也是一样。后来我想，人生需要经历的风浪中，还是孤独最安稳。

"一个人住了这么久，开始发现每样东西都有着不同的光芒，不同的声音。甚至会在夜里，做着不同的梦。"通宵写稿的清晨，我轻手轻脚穿过梦境去厨房做早饭，填饱肚子再回去睡。天刚亮起，不想开灯赶走这一天中最美的光线，划火柴点一支自己做的蜡烛。冰箱里有什么就吃什么，鸡蛋、煎饼、水果、茶、方便面。

"如果可以，想只听一首歌，只看一本书，只喝一种茶，只穿一种颜色，只爱一个人，就如此专注而潦草地过了一生。"

这样的句子就是在某一天的同样时刻写下的。深雪写过一个故事，樱桃街的辛达维发现这样生活下去不行，他发现从一而终的爱那么辛苦，于是切下一截手指，放弃自己的惊世才华。数年后他决定将心底的挂念连同生命一起舍弃，弹了整夜的钢琴，黎明时分从书房窗口跃下。我记得《传习录》中门人薛侃说：持志如心痛。王阳明答，这样的执着在初学者固然是好的，不过我们最终应做的是"但要使知出入无时，莫知其乡"。无始无终却常在心上。背负良多，思虑万千，却依旧若无其事地活着，在孤注一掷里怀一颗闲心。

端着早餐坐在餐桌前大口吃起来，从厨房的窗口望出去，那棵树枝繁叶茂开了白色的花。太阳，很快就要升起来了。我觉得这是我一生中最好的时光。

后来我"被迫"结束了长久的独自生活，花坛边遇到的流浪小猫跟着我走了很远，只能收养她当室友。带她去宠物医院检查身体和驱虫，医生说她大概一个月大，体重三百三十克。台北的大学同学在朋友圈给我留言：以我多年的经验，养猫并不会缓解孤独，而是会让你更加孤独，所以你要做好思想准备。

作为同在伦敦修品牌管理课程的同窗，我们靠网络保持着稀疏的联络，因为提及"孤独"，这句留言大概算是我们之间最深入的一次交流。多年前，这位同学曾和我在南京见过一面，我对他更感兴趣的那个 1930 年的南京所知甚少，只能对着车窗外秦淮河的夜色说：大约一千年前，韩熙载就是在这个城市大设宴席，才有了著名的《韩熙载夜宴图》。

这幅宽 28.7 厘米、长 335.5 厘米的长卷描绘了中书侍郎韩熙载夜宴的五个场景——"樽俎灯烛间觥筹交错"，但这场派对的主人韩熙载始终一脸倦淡：因为出身北方望族，他在南方始终没有得到施展抱负的机会，郁郁寡欢多年，晚年为在南唐后主的猜忌中偷生，他又不得不声色犬马。小小南唐画院待诏顾闳中如果活在当代，就是最合格的"灵魂画手"：中国历代画家中，在他之前还没有谁能如此盛大而生动地描绘过孤独。看过《韩熙载夜宴图》，Edward Hopper（爱德华·霍普）笔下的那幅 *Nighthawks*（《夜鹰》）几乎有些太天真太直白了。

不知道下一次见到这位同学是什么时候，但如果再见面，我会告诉他，尽管跑步与养猫已是文艺中年的标准配置，但我收留这只流浪小猫并不是想要靠它缓解孤独。毕竟，要抵御这种从南北朝金陵的宴席到1942年的纽约咖啡馆，人类始终无法摆脱甚至都不能明确描述的感受，对一只仅仅三百三十克重的小猫咪来说，也未免太过强求。

作为长盛不衰的艺术主题，孤独在极度迷人的同时，也可以非常危险。曾在12万年前统治过欧洲、亚洲西部以及非洲北部的尼安德特人，在大约2万4千年前神秘地消失了。这些欧洲早期智人灭绝的确切原因至今仍是谜团，考古学家和人类学家的研究表明，尼安德特人之所以灭绝很可能是因为他们在后期喜欢避居山谷与洞穴，尚未发展出语言系统的群体之间渐渐缺乏交流，繁衍率降低，最终在与自然环境的斗争中输给了严寒。用人类的方式简单概括

生活的比喻 ｜ The Life in Words

来说，尼安德特人死于无言的孤独。

尼安德特人的近亲"现代人"活了下来，他们更热衷于迁徙，更擅长掠夺，他们最终进化成人类，但依旧未能摆脱曾吞噬过尼安德特人的孤独。我们总说孤独与生俱来，但人类感受到的孤独情绪或许早在人类存在之前就已存在。但我们对孤独的研究因为对这种情绪的本能抵触而极度滞后。社会学家 Robert S. Weiss（罗伯特·维斯）深入分析孤独已是 20 世纪中后期的事。他认为，人的性格决定了使人感觉孤独的原因，但不同人的孤独情绪里有着相同的成分，它们是焦虑、害羞、悲伤、猜忌与自卑。

容易孤独的人之间同样存在着共性，比如很难建立并维持深刻的关系，不擅长与他人分享真实有用的讯息，很难对他人产生亲密感：要同时克服这些，还有什么比一场派对

219

更适合？人们将派对当作迅速逃离孤独的捷径，为此人们愿意在结束一天的工作之后，盛装华服，去和满屋的陌生人寒暄一晚上，消耗大量酒水和小食。可惜人生中值得庆祝的事并不多，人们不得不努力寻找各种名目举办派对，派对策划成为一门职业并不令人惊讶：有需求就有市场。

如何应对孤独就像选择职业和生活方式一样，纯属个人决定。我喜欢独自面对，因此努力寻找着逃避派对的方法。在养猫之前，为了能尽可能礼貌而得体地拒绝重要的派对邀请，我曾去过两次东京和一次马尔代夫，还去过两次伦敦，甚至差点去了纽约，后来因为临时出发的机票太贵而改飞东京。现在我只需要说：刚捡了只小猫，必须在家照顾。宾主尽欢。

现在小猫的体重已经增长到五百克，我渐渐明白同学为什么说养猫最终会让人"更加孤独",这孤独来自拥有一只小猫的便利:它成了我拒绝聚会邀请的绝佳借口。老同学担心的"更加孤独"对我来说,是"更加便利的孤独"。

率先分析了孤独的成分的 Weiss,认为人有六种不同的情感需求,并且它们无法互相取代,比如深厚友谊并不能取代亲密的恋爱关系。所以,小猫咪在人类根深蒂固且多变的孤独面前,大概可以说是"杯水车薪"。而一场场终究会散的宴席,也不过是暂时的逃避,并不能真正抵抗盘踞人类内心深处的孤独。

1957 年,德国精神病学家与心理学家 Frieda Fromm-Reichmann(弗瑞达·弗罗姆 - 瑞茨曼)在美国因心脏病去世,留下大量探讨孤独的笔记,她认为孤独是人类精神状态中最缺少专业研究的一种,但她想要撰写的相关专业书籍没来得及完成。Frieda 完成过一个包括弗洛伊德在内的很多精神病学家都认为不可能的任务：以连续的高强度心理咨询疗程而非药物、脑叶切除或电击治愈精神分裂症。大概是因为她过早去世，孤独如今依旧是"不治之症"。

最近流传甚广的趣闻说，比利时的一家酒店以每晚三点五欧元的价格向感到孤单的住客租借金鱼。这让我想起，Robert S. Weiss 的研究以英国发展心理学家 John Bowlby（约翰·波尔比）提出的"依恋理论"为基础。或许因循本能，人类会在派对之外，找到更有效更持久的治愈孤独的方法。

暂时，我有一只小猫要照顾，也足够了。

海钓与沉默，这两样在那么冷的天地之中学会的技能，
虽然在回到闹市以后并无用武之地，却总在灵魂的角落里留一点底气。

————

　　孤独于我并不陌生，从此严寒与风浪也是一样。
　　后来我想，人生需要经历的风浪中，还是孤独最安稳。

蓝色的星

"就是这样的生活。"你心想。一个遥远的小镇。院子里有棵苹果树，你在少年时栽下。那时你的父亲也还在，他教你辨认蛾与蝶。院子离山不远，离海也不远。但一切波澜不惊。你像被海浪遗忘的贝壳，渐渐褪色。

那年圣诞节你没有买圣诞树，而是养了一条狗。下雨的日子你陪它散步。晴朗的日子它陪你散步。没有人来喝茶。虽然客厅有一橱柜的碗碟和茶杯。但它们不是你的，它们属于你的妻子。曾属于你的妻子。你只用一只茶杯，一套餐具。每天。

夜里你睡在床的这一边，裹紧毯子，不让另一边雾气般的冷侵蚀你的领地。你甚至从来不朝着那一边伸出手去。知道鱼如何在网中越钻越深，再也无法逃脱。

你蜷起身，更像一枚贝壳。结婚的头几年，你曾喜欢给妻子取各种昵称。"我的小螃蟹。"你在清晨、午后、傍晚、深夜这样叫她。她讨厌这个昵称，但是她爱你。

你们在海滩上散步时，她会捡起一只只贝壳查看里面是否有寄居蟹。有一次她捡到了蓝色的海星。不属于这片海域的生物。或许是在到处乱窜的洋流里迷路了。她跑进浪里，努力把海星扔回大海，大声喊："去吧，去吧。"你知道它会在这样的温度中死去，再也找不到回去的路。但你什么都没有说。你只是注视着你的小螃蟹，她站在浪与岸的边缘。头发飞起来，衣裙湿透。她会跑回来，回到你身边。她真美。

那一刻你明白幸福是这样一件具体的事，很多很多微小而具体的事。后来你知道，正因如此，当她离去后那些伤痕才如此具体，镶嵌在生活的每一条裂痕与缝隙中。

睡梦中你听见苹果落在地上，滚动。扑通扑通扑通。你差点以为那是自己的心跳。你努力想回到梦中，那是一个退潮的海滩般平静的梦，你可以在那里耐心等待自己离开枝头的那个瞬间。

你的妻子曾经喜欢说：万物自有其时候。蔷薇开花的时候她会这么说，下第一场雪的时候她会这么说，海岸解冻的时候她这么说，捕鱼季开始的时候她这么说。那是她从《圣经》中看来的话。而你已经好多年没有去过教堂了。

蔷薇其实一年四季都开花。但你从来没有这样对她讲。你有很多话都没有讲。有些忘了，有些来不及。比如，大西洋是蓝的，岩石是红的。

晚安。你对着黑暗轻声说。那无尽的深处，隐约有颗蓝色的星。

秘密

越在意的人，

越是绝口不提。

我选择你，

做内心深处的秘密。

来日有人剖开这颗心来，

里面除了你，

什么都没有。

我曾这样生活